국어시간에 시읽기 2

국어시간에 시읽기 2

전국국어교사모임 엮음

Humanist

국어 시간에 가장 많이 읽는 책

전국국어교사모임은 신나고 재미있는 국어 수업을 만들기 위해 20년이 넘게 애써 왔습니다. 특히, 중·고등학생들이 읽을 만한 책이 없는 상황에서 학생들이 즐겨 읽을 수 있는 책들을 펴내 청소년 문학에 새바람을 불러일으켰습니다. 학생들의 눈높이를 가장 잘 알고 있는 현장의 국어 선생님들이 엮은 '국어시간에 읽기' 시리즈는 학생들의 관심과 흥미를 살폈을 뿐 아니라, 학생들의 삶이나 현실과 맞닿아 있어 공감을 끌어낼 수 있었습니다.

우리 모임에서 청소년 문학으로 낸 첫 번째 책은 김은형 선생님이 수업에 활용했던 소설을 모아 엮은《국어시간에 소설읽기 1》입니다. 이 책은 나오자마자 청소년 문학 베스트셀러가 되었습니다. 학생들의 눈높이에 맞는 책인지라 수업 시간에 가장 많이 읽는 책이 되었으며, 여러 권위 있는 단체에서 '중학생이 읽기 좋은 책', '중학생에게 읽기를 권장하는 책'으로 뽑았습니다. 우리는 이어서《국어시간에 시읽기》,《국어시간에 생활글읽기》 등을 차례로 펴냈고, 그 책들은 모두 현장 국어 교사들이 수업에 적극 활용하는 책이면서 학생들이 즐겨 읽는 책으로 자리 잡았습니다. 이후 아이들에게 더 많은 읽을거리를 제공하고 싶다는 바람으로 《국어시간에 세계단편소설읽기》, 《국어시간에 세계시읽기》, 《국어시간에 세계희곡읽기》 같은 세계 문학 선집도 엮게 되었습니다. 이 모든 읽을거리가 청소년들의 삶을 더욱 풍성하게 하고, 청소년들의 생각을 더 크고 넓게 해 줄 거라 믿습니다.

'국어시간에 읽기' 시리즈는 학생들에게 읽기의 즐거움을 맛보게 해 준 책입니다. 또한 청소년 문학 시장에 다양한 분야의 책이 나올 수 있도록 마중물 역할을 하였습니다.

'국어시간에 읽기' 시리즈를 통해 학생들이 세상을 이해하고 세상 속으로 한 걸음 나아가기를 기대합니다. 또한 우리 주변의 진솔한 삶의 이야기, 그 속에 숨어 있는 보석 같은 깨달음이 여러분과 함께하기를 바랍니다.

이 책들이 모든 사람에게 오래도록 사랑받기를 바랍니다.

전국국어교사모임

시 읽는 마음, 시를 읽는 세상

아이들과 시 수업을 하면서 시 읽는 마음을 생각해 봅니다. '볼거리, 들을거리, 읽을거리가 넘치는 세상에서 살아가는 아이들이 시를 어떤 마음으로 읽을까? 그리고 어떻게 읽어야 할까?'

많은 것이 넘치는 세상입니다. 넘치는 세상이다 보니 감추고, 줄이고, 절제하는 아름다움을 이야기하는 시가 아이들 마음속에서 멀어지는 것 같지만, 넘치는 세상에 필요한 것은 넘치지 않는 시라는 생각을 합니다. 우리가 흔히 말하는 '균형'이라는 것이 필요하지요. 어쩌면 시 읽는 마음은 넘치는 세상에서 넘치지 않는 세상 이야기를 읽는 마음이 아닐까 생각합니다. 삶의 균형을 위해서도 시 읽는 마음이 필요합니다.

그래서 아이들과 시를 읽습니다. 소리 내서 낭송도 하고, 읽고 난 느낌을 감상문으로 쓰기도 합니다. 그러면서 우리가 지나쳤던 세상을 보고, 우리가 함께할 세상을 보고, 내가 가져야 할 마음을 새깁니다. 한 편의 시에서 사랑을 만나기도 하고, 우주를 만나기도 하고, 같이할 사람을 만나기도 합니다.

시가 필요한 시대입니다. 아이들에게 더욱 시가 필요합니다. 그래서 아이들의 정서를 매만질 수 있는 시를 뽑았습니다. 천 권 정도의 시집을 선생님들과 나눠 읽고, 그 가운데 아이들이 만났으면 하는 시를 뽑았습니다. 뽑은 시를 다시 아이들에게 읽히고 마음에 드는 시를 뽑아 보게 하였습니다. 아주 오랫동안 사랑받아 온 시부터, 지금의 시대를 이야기하는 시까지 중학생이 좋아할 만한 시를 모았습니다.

《국어시간에 시읽기 2》는 크게 3부로 나눴습니다.

1부는 일상의 모습을 담은 시들을 모아 다시 셋으로 나눴습니다. 첫 번째는 살아가면서 만나는 사람과 사물에서 느끼는 그리운 마음이 가득한 시들을 모아 따스한 마음으로 시 읽기를 시작하도록 하였습니다. 두 번째는 세상이나 사람과 헤어져야 하는 아픔을 담은 시들을 모았습니다. 헤어져야 다시 만나고, 아픈 만큼 성숙하는 세상을 담은 시들이 여기에 모여 있습니다. 세 번째는 살아가면서 가슴 뭉클한 세상을 이야기하는 시들을 모았습니다. 어쩌면 사는 일이란 만나고 헤어지고, 다시 만나고 헤어지는 것이라 생각합니다. 아이들이 1부를 읽으면서 자신의 일상을 따뜻하게 꽃피웠으면 합니다.

2부는 더 나은 세상을 꿈꾸는 시들을 모았습니다. 문학은 세상을 이야기하고, 아름다운 세상을 꿈꿉니다. 아름다운 세상을 꿈꾸는 2부의 시들을 다시 둘로 나눴습니다. 첫 번째는 우리가 함께하는 세상을 이야기하는 시들을 모았습니다. 어떻게 살아야 우리가 아름다운지를 생각하는 시간이 될 것입니다. 두 번째는 우리가 꿈꾸는 새로운 세상에 대한 이야기를 모았습니다. 아름다운 꿈을 꾸는 사람들이 많은 세상이 아름다운 세상일 것입니다. 아이들이 2부를 읽으면서 멋진 세상을 꿈꾸고, 그 꿈이 이루어지는 세상이 되기를 소망합니다.

3부는 새로운 눈으로 참신하게 표현한 시들을 모았습니다. 아름다운 시는 새로운 눈으로 새롭게 표현한 시일 것입니다. '시인의 세계'라 이름 붙인 이 3부는 다시 둘로 나눴습니다. 첫 번째는 참신한 표현이 눈에 띄는 시들을 모았습니다. 시는 언어의 예술입니다. 언어가 빛나는 시들을 여기에 모아 놓았습니다. 두 번째는 세상을 새롭게 보는 시들입니다. '역시 시인이구나!' 하는 생각이 들게 하는 시를 모았습니다. 아이들이 3부를 읽으면서 새롭고 참신한 눈으로 세상을 보고, 참신하게 표현하는 모습을 상상해 봅니다.

시를 읽는 세상은 어떤 세상일까 생각해 봅니다. 어쩌면 시를 읽는 세상은 나를 키워 세상을 아름답게 하는 세상일 것입니다. 그러면 시를 읽는 마음은 어떤 마음일까요? 시를 읽는 마음은 나만 행복하지 않고 우리가 같이 행복해지기를 소망하는 마음이 아닐까 생각합니다. 아이들이 시를 읽고 나를 키워서, 우리가 행복해지는 세상이 되면 좋겠다는 생각을 합니다. 이 시집이 조금이나마 그런 세상을 만드는 데 도움이 되었으면 합니다.

전주국어교사모임(김형훈, 설지형, 이정관, 형은수)

차례

셋. 가슴 뭉클한

2

더 나은 세상

하나. 우리가 함께하는

둘. 새로운 세상을 꿈꾸는

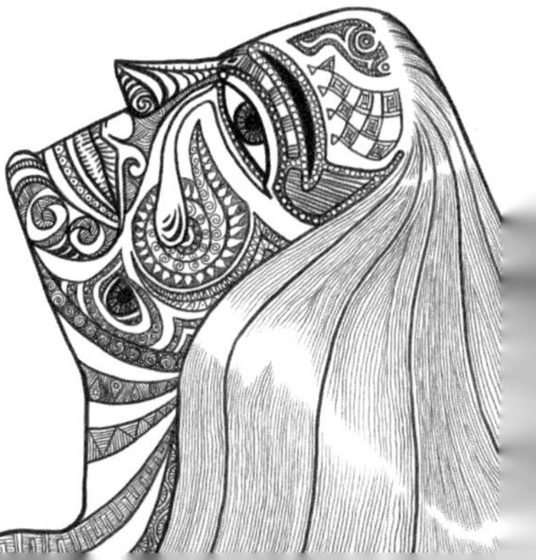

3 시인의 세계

하나. 참신하게 쓰는

둘. 새롭게 보는

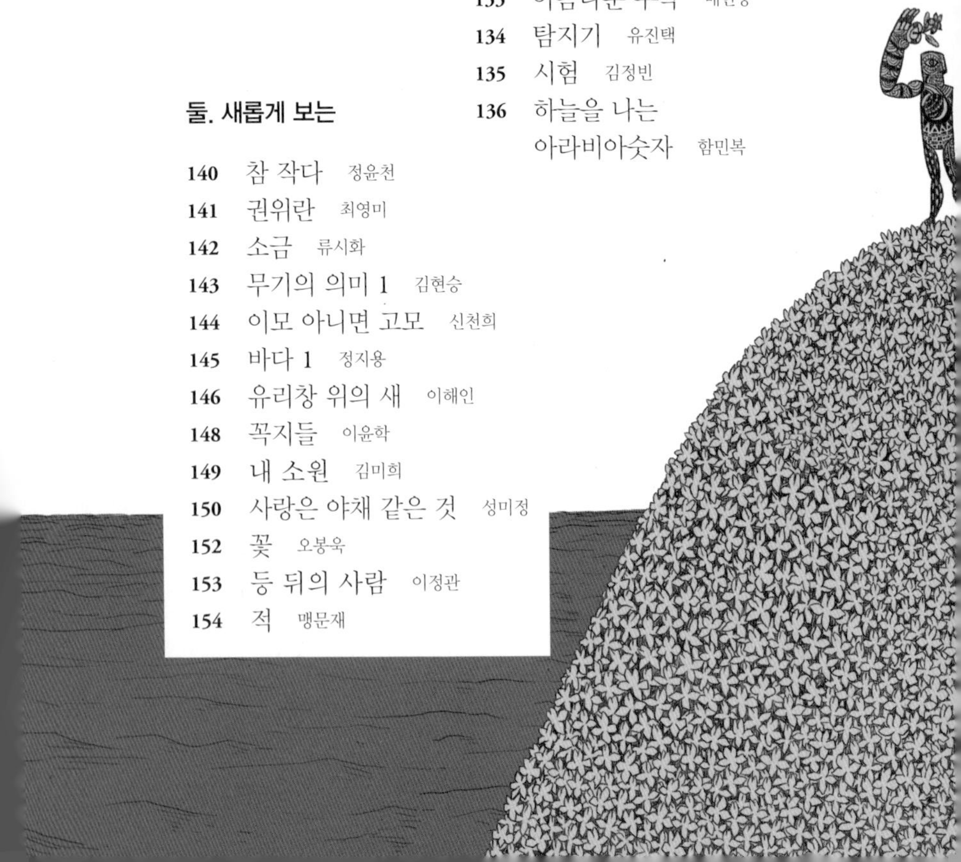

1

…

일상의 모습

하나. 그립고 그리운

둘. 아프고 아파도

셋. 가슴 뭉클한

하나
그립고 그리운

거리

당신과 나 사이에
거리가 있어야
당신과 나 사이로
바람이 분다

당신과 나 사이에
창이 있어야
당신과 내가
눈빛으로 마음을 나눌 수 있다

어느 한쪽이 창밖에 서 있어야 한다면
그 사람은 나였으면
당신은 그저 다정한 불빛 안에서
행복해라
따뜻해라

황경신

아버지 생각 87

낮 동안은 어떻게든
견딜 수 있다.
어둑살이가 내려올 즈음
견딜 수 없는
지독한 쓸쓸함.
우리는 서로 붙어 앉아
죽은 아버지를 위한 기도를 하며
밤을 견딘다.

이데레사

오래, 오래

흰빛, 보자기에라도
싸 오신 것처럼이나

사알짝 내밀어
잡아주었던 것

손길
하나

그런 시간의
곁에인 듯

오래
오래

멈추고 싶었던
순간이 있었다.

정윤천

문자

다음 생애
있어도
없어도
지금 다 지워져도

나는
너의 문자
너의 모국어로 태어날 것이다

김경후

언덕에 누워 바다를 보면

언덕에 누워 바다를 보면
빛나는 잔물결 헤일 수 없지만
눈만 감으면 떠오는 얼굴
뵈올 적마다 꼭 한 분이구려

김영랑

영정

할머니댁 문지방 넘어 들어가면 눈에는 익었지만 가슴에는 낯선 영정 사진 하나 걸려 있습니다. 여덟 살 코흘리개 우리 아빠 남겨두고, 서른둘 할머니 과부로 남겨두고, 제대로 된 사진 하나 남겨놓지 못한 채 모질게 떠나버렸습니다. 그 누구도 예상 못 한 갑작스런 죽음에 미처 준비하지 못한 영정 사진. 사진관에 달려간 우리 고모는, "우리 아버지를 내가 많이 닮았다"며 "나를 보고 그려달라"고 애원했더랍니다.
생전 못 해본 넥타이에 양복까지 그려 넣은 사진을 보며 아비 잃은 딸아이는 무슨 생각을 했을까요?

김하늬

그 마음자리

칼도 써먹지 않으면
녹이 스는 법이니라
네 맘도 닫아걸면
바로 폐가이려니
사랑이라는 게 별거더냐
제 마음 다 열어
그냥 주고 마는 게지
아서라,
그 마음자리 아니거든
문 닫고 도로 누워라

김시천

만물상

내가 꼬마였을 때
할머니가
"소다 좀 사 온나." 하시면
나는 쪼르르 달려가
"할아버지, 소다 두 봉지 주세요." 하고는
이것저것 구경하면 즐거워했다.

지금은 무심하게 지나치는 그곳
굳게 닫힌 철문 사이로
먼지가 수북이 쌓여 있는
우리 동네 만물상

이지원

겨울 사랑

눈송이처럼 너에게 가고 싶다

머뭇거리지 말고

서성대지 말고

숨기지 말고

그냥 네 하얀 생애 속에 뛰어들어

따스한 겨울이 되고 싶다

천년 백설이 되고 싶다

문정희

죽 한 사발

나도
언제쯤이면
다 풀어져
흔적도 없이 흐르고 흐르다가
그대 상처 깊은 그곳까지
온몸으로 스밀
죽, 한 사발 되랴

박규리

연

끈이 있으니 연이다
묶여 있으므로 훨훨 날 수 있으며
줄도 손길도 없으면
한낱 종잇장에 불과하리

눈물이 있으니 사랑이다
사랑하니까 아픈 것이며
내가 있으니 네가 있는 것이다
날아라 훨훨
외로운 들길, 너는 이 길로 나는 저 길로
멀리 날아 그리움에 지쳐
다시 한번
쓰러질 때까지

박철

북쪽

북쪽은 고향
그 북쪽은 여인이 팔려 간 나라
머언 산맥에 바람이 얼어붙을 때
다시 풀릴 때
시름 많은 북쪽 하늘에
마음은 눈 감을 줄 모르다

이용악

큰아버지

억수같이 비가 내리던 어느 날 새벽
지독한 병과의 사투 끝에
큰아버지는 야윈 눈을 감으셨다

고통스러웠을 기나긴 시간 속에서도
한 치의 흐트러짐이 없던 그분이
병 앞에 무릎을 꿇었다

햇살이 가득하고 매미 울음소리 울려퍼지면
내게 잘 익은 포도 한 송이를 건네며
인자한 웃음을 지어 보이던 큰아버지

국화꽃 사이로 보이는 영정사진은
여전히 웃는 모습 그대로인데
아무리 귀 기울여 보아도 들을 수가 없다

큰아버지의 추억이 담긴 흔들의자는
한 줌의 재가 되어 서럽게 흩날리고
이제 어디에서도 찾아볼 수 없게 되었다

여름이면 포도향 그윽하던 그곳엔

메마른 나무들만 빼곡히 들어서 있고
바람만이 애꿎은 흙먼지를 날리고 있다

김난연

편지

그대만큼 사랑스러운 사람을 본 일이 없다 그대만큼 나를 외롭게 한 이도 없었다 이 생각을 하면 내가 꼭 울게 된다

그대만큼 나를 정직하게 해준 이가 없었다 내 안을 비추는 그대는 제일로 영롱한 거울, 그대의 깊이를 다 지내 가면 글썽이는 눈매의 내가 있다 나의 시작이다

그대에게 매일 편지를 쓴다
한 구절 쓰면 한 구절을 와서 읽는 그대, 그래서 이 편지는 한 번도 부치지 않는다

김남조

거울

하루 종일 나는 당신 생각으로 가득 차 있습니다 나는 당신을 지울 수가 없습니다 이 길은 끝이 있습니까 죽음 속에 우리는 허리까지 잠겨 있습니다 나도 당신도 두렵기만 합니다 이 길은 끝이 있습니까 이 길이 아니라면 길은 어디에 있습니까 당신이 나의 길을 숨기고 있습니까 내가 당신의 길을 가로막았습니까 하루 종일 나는 당신 생각으로 가득 차 있습니다 거울처럼 당신은 나를 보고 계십니다

이성복

임께서 부르시면

가을날 노랗게 물들인 은행잎이
바람에 흔들려 휘날리듯이
그렇게 가오리다
임께서 부르시면……

호수에 안개 끼어 자욱한 밤에
말없이 재 넘는 초승달처럼
그렇게 가오리다
임께서 부르시면……

포곤히 풀린 봄 하늘 아래
굽이굽이 하늘가에 흐르는 물처럼
그렇게 가오리다
임께서 부르시면……

파아란 하늘에 백로가 노래하고
이른 봄 잔디밭에 스며드는 햇볕처럼
그렇게 가오리다
임께서 부르시면……

신석정

질량보존법칙

제가 지금껏 믿어온 진리는 질량보존법칙입니다. 빛과 어둠이 반반씩 전체적 균형을 이루듯 당신과의 제 사랑도 그러합니다. 물질이 그렇고 삶과 죽음의 균형도 그러하듯 이성과 감정도 예외 아닙니다. 지금 당신 때문에 흘리는 제 눈물과 아픔, 슬픔, 고통만큼 언젠간 당신으로 인해 그만한 웃음과 기쁨, 즐거움, 행복이 올 겁니다. 그건 사랑에 대한 제 믿음이고 견디는 호흡이며 기다리는 숨결입니다. 그 믿음이 없다면 전 당신과의 사랑이 버거워 견딜 수 없습니다. 사랑은 제 우상이고 질량보존법칙은 제 신앙입니다. 사랑으로 인한 행복과 불행의 키 높이는 언제나 똑같습니다.

김하인

둘
아프고 아파도

초승달

어둠 돌돌 말아 청한 저 새우잠

누굴 못 잊어 야윈 등만 자꾸 움츠리나

욱신거려 견딜 수 없었겠지
오므렸던 그리움의 꼬리 퉁기면
어둠 속으로 튀어나가는 물별들,

더러는 베개에 떨어져 젖네

박성우

너를 보내놓고

울고만 싶었다.

여백을
저만치 남겨놓고
울고만 싶었다.

너를
너를 보내놓고는

박봉우

밤에 쓰는 편지 1

그대로 하여
저에게 이런 밤이 있습니다

오늘따라 비까지 내려
오가는 사람들은 더 바삐 서두르고
우산이 없는 여학생 아이들은
무거운 가방을 들고 울상입니다
팔다리가 있는 짐승들은 모두
어디로 총총히 돌아갑니다

그러나 저기
몇 안 남은 잎을 바람에 마저 맡기고
묵묵히 밤을 견디는 나무들 있습니다
빛바랜 머리칼로 찬비 견디는 풀잎들이 있습니다

그대로 하여 저에게 뜨거운 희망의 밤이 있습니다

김사인

사랑의 이율배반

그대여
손을 흔들지 마라.

너는 눈부시지만
나는 눈물겹다.

떠나는 사람은 아무 때나
다시 돌아오면 그만이겠지만
남아 있는 사람은 무언가.
무작정 기다려야만 하는가.

기약도 없이 떠나려면
손을 흔들지 마라.

이정하

치자꽃 설화

사랑하는 사람을 달래 보내고
돌아서 돌계단을 오르는 스님 눈가에
설운 눈물방울 쓸쓸히 피는 것을
종각 뒤에 몰래 숨어 보고야 말았습니다
아무도 없는 법당문 하나만 열어놓고
기도하는 소리가 빗물에 우는 듯 들렸습니다
밀어내던 가슴은 못이 되어 오히려
제 가슴을 아프게 뚫는 것인지
목탁 소리만 저 홀로 바닥에 뒹굴다
끊어질 듯 이어지곤 하였습니다
여자는 돌계단 밑 치자꽃 아래
한참을 앉았다 일어서더니
오늘따라 가랑비 엷게 듣는 소리와
짝을 찾는 쑥국새 울음소리 가득한 산길을
휘청이며 떠내려가는 것이었습니다
나는 멀어지는 여자의 젖은 어깨를 보며
사랑하는 일이야말로
가장 어려운 일인 줄 알 것 같았습니다
한 번도 그 누구를 사랑한 적 없어서
한 번도 사랑받지 못한 사람이야말로
가장 가난한 줄도 알 것 같았습니다

떠난 사람보다 더 쉽게만 보이는 잿빛 등도
저물도록 독경 소리 그치지 않는 산중도 그만 싫어
나는 괜시리 내가 버림받은 여자가 되어
버릴수록 더 깊어지는 산길에 하염없이 앉았습니다

박규리

터미널 2

강릉고속버스터미널 기역자 모퉁이에서
앳된 여인이 갓난아이를 안고 울고 있다
울음이 멈추지 않자
누가 볼세라 기역자 모퉁이를 오가며 울고 있다

저 모퉁이가 다 닳을 동안
그녀가 떠나보낸 누군가는 다시 올 수 있을까
다시 돌아올 수 없을 것 같다며
그녀는 모퉁이를 오가며 울고 있는데

엄마 품에서 곤히 잠든 아이는 앳되고 앳되어
먼 훗날, 엄마의 저 울음을 기억할 수 없고
기역자 모퉁이만 댕그라니 남은 터미널은
저 넘치는 울음을 받아줄 수 없다

누군가 떠나고, 누군가 돌아오는 터미널에서
저기 앳되고 앳된 한 여인이 울고 있다

이홍섭

갈대밭에서

쓰러졌다 다시 일어서
가을 햇살에
온몸 다 흔들며
익는다 저 갈대

가벼워진 몸
더 깊게 누웠다 일어선다
가벼워져야
더 깊어지고
더 꼿꼿해지는 깊은 가을

갈대의 노래를 듣는다.

이정관

여자들과 사내들 – 김정숙에게

사랑은 언제나
벼락처럼 왔다가
정전처럼 끊겨지고
갑작스런 배고픔으로
찾아오는 이별.

사내의 눈물 한 방울
망막의 막막대해로 삼켜지고
돌아서면 그뿐
사내들은 물결처럼 흘러가지만,

허연 외로움의 뇌수 흘리며
잊으려고 잊으려고 여자들은
바람을 향해 돌아서지만,

땅거미 질 무렵
길고 긴 울음 끝에
공복의 술 몇 잔,
불현듯 낄낄거리며 떠오르는 사랑,
그리움의 아수라장.

흐르는 별 아래
이 도회의 더러운 지붕 위에서,
여자들과 사내들은
서로의 무덤을 베고 누워
내일이면 후줄근해질 과거를
열심히 빨아 널고 있습니다.

최승자

이별

가로등 밑,
옷걸이에 걸린 노란 우의처럼 고개 숙인 그녀

벤치를 지나는 누군가
그녀의 뒷덜미를 낚아채서
몸에 딱 맞게 단추를 채우고 가버렸다

흩어지는 발자국마다
이내 비가 몰려든다
하굣길 여중생들이 주전부리하듯 빗물이 길 위로 몰려다니고
고인 빗물 속에 가로등 불빛은
파문을 일으키며 구겨졌다
펴졌다

나는 오랫동안
먹다 남은 두부처럼 천천히 상해갔다
가슴에 구멍이 숭숭 뚫리고
그 사이로 구불구불 비가 흘렀다

안성호

어떤 그리움

'보고 싶다'
진실로 그렇게 마음 깊이
가슴 싸하게 느껴본 적 있으신지요.
아마 없으시겠지요.
앞으로도 없으시겠지요.
하늘을 보고 허공을 보다가
누군가가 보고 싶어
그냥 굵은 눈물방울이 땅바닥으로
뚝, 뚝 떨어져본 적이 있으신지요.
없으시겠지요.
없으실 거예요.
언제까지나 없으시길 바래요.
그건 너무나, 너무나…….

원성

병원

살구나무 그늘로 얼굴을 가리고, 병원 뒤뜰에 누워, 젊은 여자가 흰옷 아래로 하얀 다리를 드러내 놓고 일광욕을 한다. 한나절이 기울도록 가슴을 앓는다는 이 여자를 찾아오는 이 나비 한 마리도 없다. 슬프지도 않은 살구나무 가지에는 바람조차 없다.

나도 모를 아픔을 오래 참다못해 처음으로 이곳을 찾아왔다. 그러나 나의 늙은 의사는 젊은이의 병을 모른다. 나한테는 병이 없다고 한다. 이 지나친 시련, 이 지나친 피로, 나는 성내서는 안 된다.

여자는 자리에서 일어나 옷깃을 여미고 화단에서 금잔화 한 포기를 따 가슴에 꽂고 병실 안으로 사라진다. 나는 그 여자의 건강이…… 아니 나의 건강이 속히 회복되길 바라며 그가 누웠던 자리에 누워본다.

윤동주

다만 흘러가는 것들을 듣는다

툇마루에 앉아 다만 흘러가는 것들을 바라본다 마당 한 쪽 햇살이 뒤척이는 곳 저것 내가 무심히 버린 놋숟가락 목이 부러진

화순 산골 홀로 밭을 매다 다음 날 기척도 없이 세상을 떠난 어느 할머니, 마루 위엔 고추며 채소 산나물을 팔아 마련한 돈 백만 원이 든 통장과 도장이 검정 고무줄에 묶여 매달려 있었다지

마을 사람들이 그 돈으로 관을 마련하고 뒷일을 다 마쳤을 때 그만 넣어왔다 피붙이도 없던 그 놋숟가락 언젠가 이가 부러져 솥 바닥을 긁다가 목이 부러져 내 눈밖에 뒹굴던 것

버려진 것이 흔들리며 옛일을 되돌린다 머지않은 내일을 밀어올린다 가만히 내 저금통장을 떠올린다 저녁이다 문을 닫고 눕는다 다만 흘러가는 것들을 듣는다

박남준

셋
가슴 뭉클한

사람이 풍경으로 피어나

사람이
풍경으로 피어날 때가 있다
앉아 있거나
차를 마시거나
잡담으로 시간에 이스트를 넣거나
그 어떤 때거나

사람이 풍경으로 피어날 때가 있다
그게 저 혼자 피는 풍경인지
내가 그리는 풍경인지
그건 잘 모르겠지만

사람이 풍경일 때처럼
행복한 때는 없다

정현종

둘레

산은
산빛이 있어 좋다
먼 산 가차운 산
가차운 산에
버들꽃이 흩날린다
먼 산에
저녁 해가 부시다
아, 산은
둘레마저 가득해 좋다

박용래

감

이 맑은 가을 햇살 속에선
누구도 어쩔 수 없다
그냥 나이 먹고 철이 들 수밖에는

젊은 날
떫고 비리던 내 피도
저 붉은 단감으로 익을 수밖에는…….

허영자

짐

허리 굽은 할머니가
자기 키보다 두 배는 높은 짐을
수레에 싣고 가신다.
어떻게 저 높은 짐을 싣고 가실까?
할머니의 표정에서
슬픔이 느껴진다.
할머니의 짐 높이가
할머니의 인생 무게를 대신하는 것 같다.

정나영

수덕사

좀 모자란 듯한 행자승과 노스님이 경내를 거닐고 있다. 다리 절룩이는 노스님을 부축한 채 행자승이 뭔가를 한참 보챈다. 노스님은 이 말에도 허허 그놈 참, 저 말에도 허허 그놈 참이다. 대웅전 앞으로 낙엽이 쓸려가며 행자승의 뒤꿈치를 툭 건드린다. 기척에 놀란 행자승이 노스님의 소매를 잡아끈다. 봤죠, 나뭇잎도 동무해서 놀자고 하지요? 빨리 나아요. 노스님은 가타부타 말없이 처마 끝에 매달린 풍경만 바라본다. 마음은 이미 저만치 하늘 위를 헤쳐가고 있다. 풍경 소리가 참 아스라하게 멀어진다.

정우영

우리는 다 아는 사이

살아 있는 세상이니
우리는 다 아는 사이

풀밭에 누우면 풀과 알고
눈을 감으면
눈에 보이지 않던 것과 알고

일어나 길 떠나면 길과 알고
가다가다 날 저물면
어둠과도 알고

그리움이 파도치면
이별과도 알고

잠들면 어느새
무심한 것과도
아, 살아 있는 세상이니
우리는 다 아는 사이

김형영

아득한 청산을 보며

죽도록 부지런히 쓴다만
시를 쓰는 것은
돈과는 거리가 멀고
그러면서 그 짧은 행간에
짜릿한 공감을 심는 일은
늘 아득하기만 하네

그러나 청산은
아무 일도 안 하고
늘 그 자리에 놓여 있건만
햇빛 하나는 잘 받아
그 이마가 빛나는
이 사실이 부럽네

박재삼

장난

감방
문턱 위에
걸쳐 있는
다람쥐 꼬리만큼 한 햇살
삭둑삭둑 가위질하여
꼴깍꼴깍 삼키고 싶다
언 몸 봄눈 녹듯 녹을 성싶어.

김남주

굽은 허리

시장 골목골목을 지나
단골 횟집에 들어갔다

항상 그랬듯이
편한 자세로 앉아
회를 썰고 계시는 할머니

저 건너편에 있는 물건을 집으려고
몸을 일으키는 그 잠시 동안에도
할머니의 등은
펴지지 않았다

정혜인

책꽂이를 치우며

창 반쯤 가린 책꽂이를 치우니 방 안이 환하다
눈앞을 막고 서 있는 지식들을 치우고 나니 마음이 환하다
어둔 길 헤쳐 간다고 천만 근 등불을 지고 가는 어리석음이여
창 하나 제대로 열어놓아도 하늘 전부 쏟아져 오는 것을

도종환

져야 할 때는 질 줄도 알아야 해

때깔 고운 잎이라건
시샘할 일도 아니지만 미워할 일도 아니다
가을 가고 겨울 오면
흔적조차 없다지만 그것은 또 그것의 일
나무라면 그 나이테 안에
꽃이라면 그의 작은 씨앗들 안에
그가 땅 위에서 서툴게 누렸던
청춘을 남겼을 터
그가 사랑했던 님 앞에 닿아보기 위해
그 많은 날 애써 부대꼈던
햇살을, 비바람을
제 몸 어딘가에 감춰두고 있을 터

나는 왜 자꾸만 예민하게 구는가
져야 할 땐 아낌없이 질 줄도 알아야 해
벌레 먹은 대로
바람구멍이 난 대로
고집스레 매달려 어쩌자는가
이파리 한 잎 제 여름을 다 살고
이제 가을 되어 아낌없이 져야 할 때

나 혼자 지지 못하고

늦도록 가지에 남아 어쩌자고 자꾸만 버텨보는 것인가

김형수

얼굴 그리기

한 치 앞도 바라볼 수 없는 희뿌연 안개 사이로, 어머니의 손을 잡고 걸어가는 아이가 있었습니다. 느린 걸음 재촉하는 어머니의 성화에 작별 인사 건네지 못하고 떠난 바보 같은 아이가 있었습니다. 밤하늘의 별을 세며, 몇 밤을 더 자야 정다운 내 친구를 볼 수 있냐며 어머니께 묻던 아이가 있었습니다. 매일 밤 아이는 우는 눈으로, 마음 구석의 친구 얼굴을 그립니다. 오늘이 지나면 친구의 눈은 또다시 희뿌연 안개 사이로 사라질 테지요. 두렵기만 한 아이는 오늘도 붓을 놓지 못하고 친구의 얼굴을 그려나갑니다.

박세경

이모에게 가는 길

미금농협 앞에서 버스를 내려
작은 육교를 건너면
직업병으로 시달리다가 공원도 공장주도 던져버린 흉물 공장
창마다 검게 구멍이 뚫린 원진레이온 건물이 나올 것이다
그 앞에서 마을버스를 타고
젊은 버스 기사와 야한 차림의 십대 아가씨의
푹 익은 대화를 들으며
종점까지 시골길 골목을 가야 한다
거기서 내려 세 집을 건너가면
옛날엔 대갓집이었다는 낡은 한옥이 나오고
문간에서 팔순이 된 이모가 반겨줄 것이다
전에는 청량리역까지 마중을 나왔고
몇 달 전에는 종점까지 마중을 나왔지만
이제 이모는 다리가 아파 문간까지밖에 못 나오실 것이다
아이고 내 새끼 하고 이모는 말하고 싶겠지만
이제 푹 삭은 나이가 된 조카가 싫어할까봐
아이고 교수님 바쁜데 웬일일까라고 하실 것이다
사실 언제나 바쁠 것 하나 없는데다가 방학인데도
이모는 바쁘다는 자손들에게 미리 기가 죽어 있기 때문에 그렇게 말하실 것이다

이모는 오후 세 시이지만 텅 빈 집에서 혼자 밥을 먹기 싫었기 때문에
아직 식사를 하지 않았다고 하면서 무언가 먹이려 하실 것이다
하지만 눈 어둡고 귀 어둡고 가게도 먼 지금동 마을에서
이모가 차린 밥상은 구미에 맞지 않을 것이다
씻은 그릇에 밥알도 간혹 묻어 있을 것이다
그래서 나는 사가지고 온 과자나 과일이나 약 따위를 늘어놓으며
먹은 지 얼마 안 되어 먹고 싶지 않다고 할 것이다
이모는 아직 하얗고 아담한 다리를 펴 보이며
다리가 이렇게 감각이 없어져서 걱정이라고 하실 것이다
그래서 텃밭에 갔다가 넘어져서 몇 달 고생도 했다고 하실 것이다
트럼펫처럼 잘 울리는 웃음소리를 가진
아이 둘을 한꺼번에 끌어안고 젖을 먹일 만큼 좋은 젖가슴을 가졌던 이모
아이들 원하는 것은 무엇이든 하게 하던 이모
이모의 젖을 먹지 않고 큰 아이는 이 집안에 없었다
이제 이모는 귀가 잘 안 들리기 때문에
젊은 아이들에게 지청구를 먹을까봐 이야기를 걸어도 머

뭇거리신다
그냥 아이구 그래 대견도 하지라고 하실 뿐이다

지어온 한약을 내놓고 한 시간이 지나면
나는 여섯 시 이십 분 기차니까 지금 가야 해요라고 할 것이다
그러면 이모는 아이구 그래 차 시간 넉넉히 가야지라고 하실 것이다
텃밭에 심었던 정구지 한 묶음하고
내가 사간 복숭아를 몇 알 도로 싸주실 것이다
그러고도 뭘 또 줄 게 없을까 해서
명절날 들어온 미원이니 참치 통조림이니 비누 따위를 주섬주섬 찾으실 것이다
꼬꼬엄마 그럼 잘 있어요라고 하면서
나는 나도 모르게 이모의 뺨에 내 뺨을 부빌 것이다
그러면 이모는 감동해서 역시 내 새끼였지라고 좋아하실 것이다
마당에 이만큼 나선 나에게
마을버스 시간에 맞추어야지 서둘러라라고 하면서도
어디 한 번 더 안아보자 하실 것이다
나는 어렸을 때처럼 두 팔로 푸짐한 이모의 가슴을 껴안고

이모의 뺨에 내 뺨을 꼬옥 대볼 것이다
이모는 속으로 이 새끼를 이제 못 볼지도 모른다라고 생각했을지도 모른다
나는 속없이 마을버스를 놓칠까봐 뛰어나오고
세 집을 건너 뛰어가면
마을버스가 모퉁이를 돌아설 것이다

버스를 타고 가며 나는 자꾸만 눈언저리를 닦을 것이다
노인네 혼자 빈 집에 남겨져
젊은 애들한테 방해나 되게 너무 오래 사는 것 아닌가 하면서
잘 펴지지 않는 다리를 조심스레 움직여보면서
혼자 오래 걸려 방으로 돌아가실 것을 생각하면서
우는 나를 마을버스 기사가 의아하게 거울 속으로 바라볼 것이다
사실 여기까지 오면서 번잡한 길에서 느꼈던 짜증이 부끄럽고
사람이 늙는다는 게 슬프고 무서워서
다시는 살아 있는 이모를 만나지 못할까 무서워서
나는 더 운다 원진레이온 앞에 올 때까지 십 분이 못 되는 시간을

그리고 눈물에 깨끗이 씻겨서
이모가 길러주었던
일곱 살짜리 갈래머리 계집애가 되어
청량리역 가는 버스를 탈 것이다
세상에 꿈도 많고 고집도 세었던
제일 귀염 받던 곱슬머리 계집애가 되어서.

양애경

수라

거미새끼 하나 방바닥에 나린 것을 나는 아모 생각 없이 문밖으로 쓸어버린다
차디찬 밤이다

어니젠가 새끼거미 쓸려 나간 곳에 큰거미가 왔다
나는 가슴이 짜릿 한다
나는 또 큰거미를 쓸어 문 밖으로 버리며
찬 밖이라도 새끼 있는 데로 가라고 하며 서러워한다

이렇게 해서 아린 가슴이 삭기도 전이다
어데서 좁쌀알만 한 알에서 가제 깨인 듯한 발이 채 서지도 못한 무척 적은 새끼거미가 이번엔 큰거미 없어진 곳으로 와서 아물거린다
나는 가슴이 메이는 듯하다
내 손에 오르기라도 하라고 나는 손을 내어미나 분명히 울고불고할 이 작은 것은 나를 무서우이 달어나버리며 나를 서럽게 한다
나는 이 작은 것을 고히 보드러운 종이에 받어 또 문 밖으로 버리며
이것의 엄마와 누나나 형이 가까이 이것의 걱정을 하며 있다가 쉬이 만나기나 했으면 좋으련만 하고 슬퍼한다

백석

다 알면서도

어두운 겨울 저녁에
남포동 지하철역 안에서
얇은 외투를 걸치고
다리가 퉁퉁 부은 데다가
상처가 곪아 터져 진물이 흐르는 모습으로
500원짜리 자일리톨껌을 팔고 있는 아저씨
다가가서 얼마예요? 묻자
1000원입니다, 답하시는 아저씨
나는 다 알면서도 껌을 산다

최은영

2

더 나은 세상

하나. 우리가 함께하는

둘. 새로운 세상을 꿈꾸는

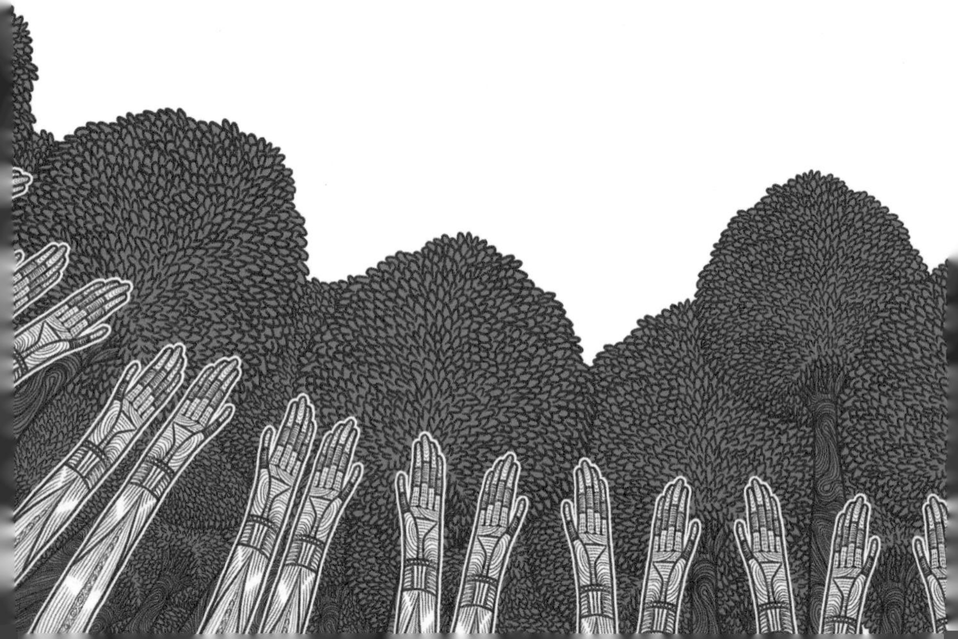

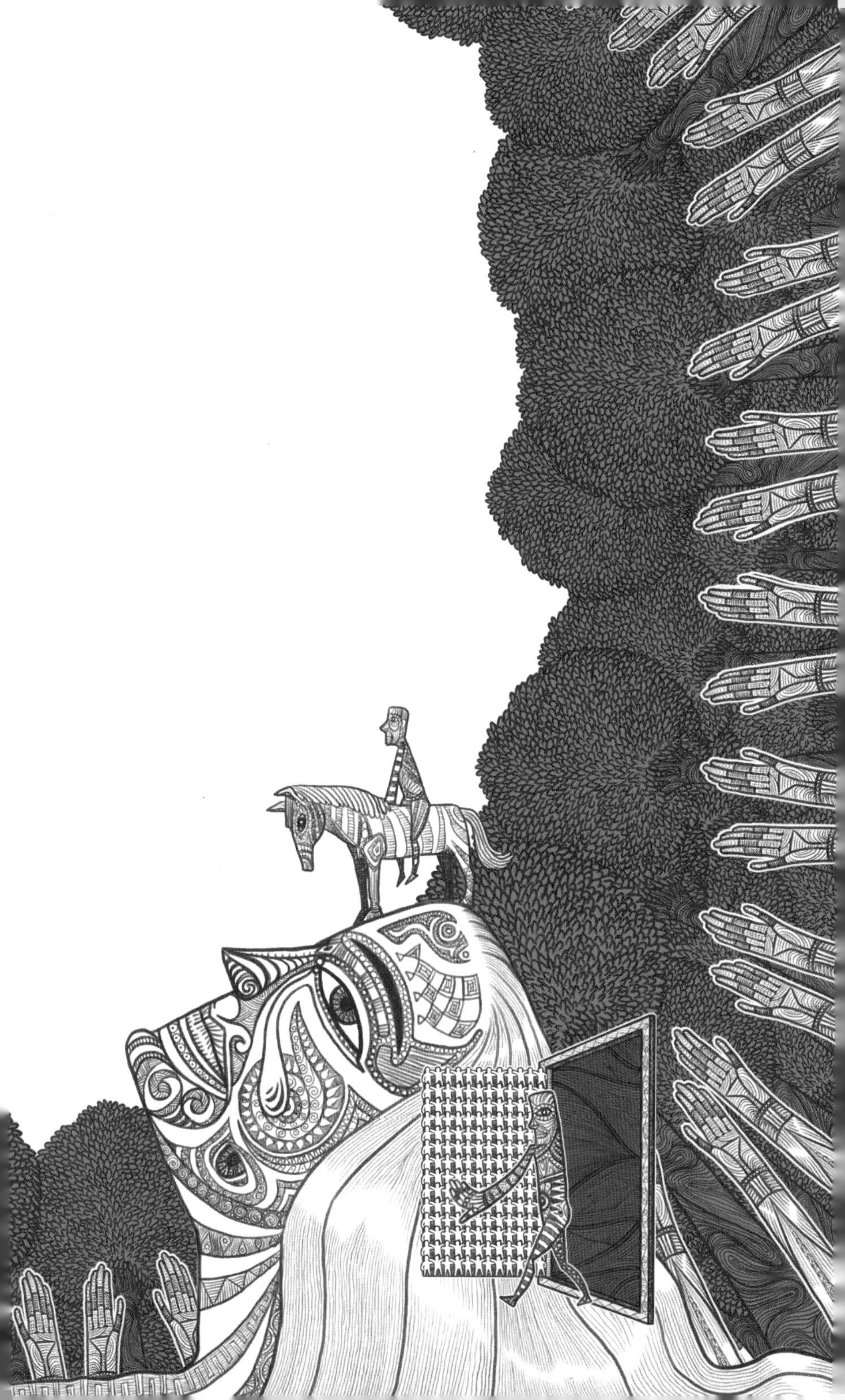

하나

우리가 함께하는

부탁 – 중력 2

지구야,
할머니가 무거운 걸 들고 갈 땐
힘을 좀 빼면 안 되겠니?

김미희

용서받는 까닭은

보이지 않아도 존재하는 것이 있고
들리지 않아도 소리 내는 것이 있다

땅바닥을 기는 쇠비름나물
매미를 꿈꾸는 땅속 굼벵이
작은 웅덩이도 우주로 알고 사는
물벼룩 장구벌레 소금쟁이…… 같은
이들이 떠받치는 이 지구 이 세상을

하늘은 오늘도 용서하신다
사람 아닌 이들이 살고 있어서.

유안진

식혜

엿기름물에
잠긴 밥알들이
속속들이
몸을
삭히고 있다

저
편안한
소멸의 풍경

나도
잘 삭혀진 밥알로
가볍게
세상 속을
떠다니고 싶다

누군가의 가슴 한켠에
잘 발효된
한 그릇
시원한 식혜로
남고 싶다

한미영

기도

하느님,
나를 이유 없이 울게 하소서.

눈물 속에서
당신을 보게 하시고
눈물 속에서
사람을 만나게 하시고

죽어서는
그들의 눈물로 지내게 하소서.

마종기

독도 귀하

1

침묵에 물든 지난겨울도 잘 보내셨는지요?
그동안 임에게 하지 못했던 말들을
온기 어린 이 가슴에 새겨 잘 말아
간직했었는데, 이젠 제가 펴 보려 해도
잘 펴지지 않네요. 진실된 목소리로
하루하루 그 말을 그려봤어야 했는데……
퇴색되지 않게 말이죠. 순간순간
적어놓은 무른 제 말들은 힘 없는
허공에 번집니다. 무기력한
제 말에 그대가 바람에
긁힐지라도 저는 말 없이
웃습니다. 다만,
그래도 당신은
우리네 소중한
한켠이니까요.

2

우리 집을 누군가
지켜주는 것이 아니다.
단순한 수고가 아니란다.

어려운 침묵 속에서 나는 외쳤습니다.
우리 집은 누구로부터 얻은 것이 아니다.
훔친 것도 아니란다. 어두운 침묵을 깨고
바람에 외쳤습니다. 겨울 같은 날카로운 바람이
우리 집 작은 방을 침범할지라도,
곧은 우리 목소리에 바람조차 베는 날,
우리는 더없이 맑은 아침을 맞을 것입니다.
그대와 우리들 어깨 어깨마다 견고한 두 손을 올려놓고,
그대 음향, 풍경 모두
영원한 마음의 한 맥(脈)이 되길 바랍니다.

김광일

숲

나무 하나가 흔들린다
나무 하나가 흔들리면
나무 둘도 흔들린다
나무 둘이 흔들리면
나무 셋도 흔들린다

이렇게 이렇게

나무 하나의 꿈은
나무 둘의 꿈
나무 둘의 꿈은
나무 셋의 꿈

나무 하나가 고개를 젓는다
옆에서
나무 둘도 고개를 젓는다
옆에서
나무 셋도 고개를 젓는다

아무도 없다
아무도 없이

나무들이 흔들리고
고개를 젓는다

이렇게 이렇게
함께

강은교

사람을 쬐다

사람이란 그렇다
사람은 사람을 쬐어야지만 산다
독거가 어려운 것은 바로 이 때문, 사람이 사람을 쬘 수 없기 때문
그래서 오랫동안 사람을 쬐지 않으면 그 사람의 손등에 검버섯이 핀다 얼굴에 저승꽃이 핀다
인기척 없는 독거
노인의 집
군데군데 습기가 차고 곰팡이가 피었다
씨멘트 마당 갈라진 틈새에 핀 이끼를 노인은 지팡이 끝으로 아무렇게나 긁어보다가 만다
냄새가 난다, 삭아
허름한 대문간에
눈가가 짓물러진 할머니 한 사람 지팡이 내려놓고 앉아 지나가는 사람들 바라보고 있다 깊고 먼 눈빛으로 사람을 쬐고 있다

유홍준

삼촌의 직업

남들은 우리 삼촌을 백수라고 부르지만
삼촌은 여름 내내 구슬땀을 흘린다
야외 결혼식 올리는 매미들에게
잘 살아라 주례사로 축복해주고
세상 떠나는 매미들에게
일일이 장례식을 치러준다
삼촌한테 백수라고 부르지 말았으면 한다
직업의 자유를 인정해주었으면 한다

김미희

상식

배고픈 사람에게 먼저 밥을 주는 것
배부른 사람에게 먼저 밥을 주지 않는 것
배고픈 사람을 먼저 바라보는 것.

이정관

저문 강에 삽을 씻고

흐르는 것이 물뿐이랴
우리가 저와 같아서
강변에 나가 삽을 씻으며
거기 슬픔도 퍼다 버린다
일이 끝나 저물어
스스로 깊어가는 강을 보며
쭈그려 앉아 담배나 피우고
나는 돌아갈 뿐이다
삽자루에 맡긴 한 생애가
이렇게 저물고, 저물어서
샛강바닥 썩은 물에
달이 뜨는구나
우리가 저와 같아서
흐르는 물에 삽을 씻고
먹을 것 없는 사람들의 마을로
다시 어두워 돌아가야 한다

정희성

그래도 버린 건 세상이 아니라

그래도 버린 건 세상이 아니라
바로 너다 세상을 버린 건
너의 버림으로도 세상은 울지 않지만
세상은 한 치의 사랑도 양보하지 않는다
너의 버림으로도 세상은 끄덕치 않더라고
너는 울부짖겠지만
세상은 어느 해 저문 골목, 선술집에 앉아
모르는 사람에겐 등만 보이고
어느새 열 손가락이 다 아픈 것을 안다
네가 모를 뿐이다
다만 네가 모를 뿐이다

김정환

노란 은행잎

이번 해도
은행잎은
변함없이 노랗구나

노란 은행잎의
따뜻한 모습을
잊을 수 없듯이

노란 리본의
슬픈 모습도
잊히지 않기를

노란 리본도
변함없이 노랗기를

임지연

둘

새로운 세상을 꿈꾸는

아침의 예의

40년 동안
시를 생각하며
살았다지만
고향 돌아갈 때
갖고 갈 것은 아무것도 없다
홀가분한 것이
오히려 눈물겹다
그렇구나
그 아침이 오면
빈손으로 만나야 한다
아무것도 가진 것 없이
자랑할 것도 없이
자나 깨나 그리던
그리움 하나만으로 만나야 한다
만남과 화합
영원한 해방의 날에
하나가 되는 통일 말고
우리가 원했던 것이 또 무엇이더냐
한 많은 마음을 비우고
손을 깨끗이 씻자

그것만이 우리들의 만남을 위한
참 예절이거니.

김규동

걸레

바람 부는 날
바람에 빨래 펄럭이는 날
나는 걸레가 되고 싶다
비굴하지 않게 걸레가 되고 싶구나
우리나라 오욕과 오염
그 얼마냐고 묻지 않겠다
오로지 걸레가 되어
단 한 군데라도 겸허하게 닦고 싶구나

걸레가 되어 내 감방 닦던 시절
그 시절 잊어버리지 말자

나는 걸레가 되고 싶구나
걸레가 되어
내 더러운 한평생 닦고 싶구나

닦은 뒤 더러운 걸레
몇 번이라도
몇 번이라도
못 견디도록 헹구어지고 싶구나
새로운 나라 새로운 걸레로 태어나고 싶구나

고은

비유의 시

횟집 주인은 일부러 수족관에 상어를 밀어넣는다
다른 고기들이 살해의 위협 속에서 자신의 죽음을 성찰할 수 있도록.
우리나라 동해 인근에도 제국의 전함은 유유히 떠 있을 것이다
약소국들이 살해의 위협 속에서 늘 자신을 성찰할 수 있도록.

이시영

시

시는
말의 예술이라 흔히들 말하지만
결코
말도
말의 예술도
아니다.

숨결
맥박
따순 손길
말없는 바라봄
뜨건 뺨부빔…….

역사의 토양에 깊이 뿌리 내리고
미래의 하늘에 주렁주렁 열매 맺는…….

이광웅

통곡

하늘을 우러러
울기는 하여도
하늘이 그리워 울음이 아니다
두 발을 못 뻗는 이 땅이 애달파
하늘을 흘기니
울음이 터진다
해야 웃지 마라
달도 뜨지 마라

이상화

만세 소리

하도 억울하여
부르는 소리 피 섞인 소리가
만세였다
총부리 앞에서 칼자욱에서 채찍 아래서
터져나오는 민족의 소리가
만세였다

무엇이라 형언할 수 없어
그저 부르는 소리가
만세였다

눌리다 눌리다
하도 기뻐 어안이 벙벙하여
그저 터져나온 소리도
만세였다

만세는 손을 들어 함께 부르자
만세는
자유를 달라는 소리
꿈이 왔다는 소리

못 견디겠다는 소리
다시 일어난다는 소리
네 소리도 내 소리도 아닌
우리들 모두의 소리

민족과 역사와 원한과 소원을 한데 묶은
터질 듯 함축이 너무 무거워
걷잡을 수 없는 소리
폭죽처럼
별과 구름 사이에 퉁기는 소리였다

김기림

봄

기다리지 않아도 오고
기다림마저 잃었을 때에도 너는 온다.
어디 뻘밭 구석이거나
썩은 물웅덩이 같은 데를 기웃거리다가
한눈 좀 팔고, 싸움도 한판 하고,
지쳐 나자빠져 있다가
다급한 사연 들고 달려간 바람이
흔들어 깨우면
눈 비비며 너는 더디게 온다.
더디게 더디게 마침내 올 것이 온다.
너를 보면 눈부셔
일어나 맞이할 수가 없다.
입을 열어 외치지만 소리는 굳어
나는 아무것도 미리 알릴 수가 없다.
가까스로 두 팔을 벌려 껴안아보는
너, 먼 데서 이기고 돌아온 사람아.

이성부

몹시 무덥던 날

사람 목숨보다
값진 것은
납기입니다

사람 됨됨이보다
값진 것은
품질입니다

뼈 바스러지도록
낮과 밤을
조출 잔업 철야에 특근까지

마침내

서 반장은 업혀가고
사람보다 값진
반장이라 굵게 찍힌 안전모만 뒹굽니다

오도엽

그것이 알고 싶다

태어난 곳도 다르고
물려받은 재능도 다르고
하고 싶은 것도 다르고
잘하는 것도 다르고
좋아하는 것도 모두 다른
35명

20평 네모난 방 안에
그들 모두가 일제히
매일 8시간씩 틀어박혀
이해 못 하는 수업을 듣는 것은
그들 모두가 일제히
똑같은 수업을 받게 하는 것은
도대체 누가 생각해낸 것일까

우리가 꿈꾸는 수업과
우리가 마주 보는 상황은
어쩜 이리도 다를까

배유나

그날이 오면

그날이 오면 그날이 오면은
삼각산이 일어나 더덩실 춤이라도 추고
한강물이 뒤집혀 용솟음칠 그날이
이 목숨이 끊기기 전에 와주기만 할 양이면
나는 밤하늘에 날으는 까마귀와 같이
종로의 인경(人磬)을 머리로 들이받아 울리오리다
두개골은 깨어져 산산조각이 나도
기뻐서 죽사오매 오히려 무슨 한(恨)이 남으오리까

그날이 와서 오오 그날이 와서
육조(六曹) 앞 넓은 길을 울며 뛰며 뒹굴어도
그래도 넘치는 기쁨에 가슴이 미어질 듯하거든
드는 칼로 이 몸의 가죽이라도 벗겨서
커다란 북을 만들어 둘쳐 메고는
여러분의 행렬에 앞장을 서오리다
우렁찬 그 소리를 한 번이라도 듣기만 하면
그 자리에 거꾸러져도 눈을 감겠소이다

심훈

외국인 노동자

지루한 장마가 시작되던 지난여름
아빠를 따라나섰다 들르게 된
어느 전자공장

높다랗게 쌓인 담벼락 너머
폴폴 날리는 먼지처럼
세상을 살아가는 이들이 있었다

휴가철이 되어도
고달픈 한 몸 누일 데 없는 이들이
외발로 서로를 기대고 있던 곳

하릴없이 시간은 흘러가고
그 시간에 떠밀리듯
하루의 뒤편으로 사라져 버리는
그들을 붙잡고 싶었던 내 마음 한 조각

잘 익어 속살 발그레한 수박이 통통 울리고
단물이 뚝뚝 흐르는 내 마음 한 조각을
배꽃 같은 하얀 덧니를 드러내며
수줍게 받아들던 그녀

햇살 내리쬐는 어느 여름날
뜨겁게 피어오르던 쇳덩이의 입김 속에서
그녀는 아마
머나먼 고향 풀내음 오른
향기로운 아지랑이를 떠올리고 있지는 않을까

조승현

이불을 꿰매면서

이불 홑청을 꿰매면서
속옷 빨래를 하면서
나는 부끄러움의 가슴을 친다

똑같이 공장에서 돌아와 자정이 넘도록
설거지에 방 청소에 고추장 단지 뚜껑까지
마무리하는 아내에게
나는 그저 밥 달라 물 달라 옷 달라 시켰었다

동료들과 노조 일을 하고부터
거만하고 전제적인 기업주의 짓거리가
대접받는 남편의 이름으로
아내에게 자행되고 있음을 아프게 직시한다

명령하는 남자, 순종하는 여자라고
세상이 가르쳐준 대로
아내를 야금야금 갉아먹으면서
나는 성실한 모범 근로자였었다

노조를 만들면서
저들의 칭찬과 모범 표창이

고양이 꼬리에 매단 방울 소리임을,
근로자를 가족처럼 사랑하는 보살핌이
허울 좋은 솜사탕임을 똑똑히 깨달았다

편리한 이론과 절대적 권위와 상식으로 포장된
몸서리쳐지는 이윤 추구처럼
나 역시 아내를 착취하고
가정의 독재자가 되었었다

투쟁이 깊어갈수록 실천 속에서
나는 저들의 찌꺼기를 배설해낸다
노동자는 이윤 낳는 기계가 아닌 것처럼
아내는 나의 몸종이 아니고
평등하게 사랑하는 친구이며 부부라는 것을
우리의 모든 관계는 신뢰와 존중과
민주주의에 바탕해야 한다는 것을
잔업 끝내고 돌아올 아내를 기다리며
이불 홑청을 꿰매면서
아픈 각성의 바늘을 찌른다

박노해

동두천 Ⅱ

월급 만 삼천 원을 받으면서 우리들은
선생이 되어 있었고
스물세 살 나는 늘
마차산 골짜기의 허둥대는 바람 소리와
쏘리 쏘리 그렇게 미안하다며 흘러가던 물소리와
하숙집 깊은 밤중만 위독해지던 시간들을
만났다 끝끝내 가르치지 못한 남학생들과
아무것도 더 가르칠 것 없던 여학생들을

막막함은 더 깊은 곳에도 있었다 매일처럼
교무실로 전갈이 오고
담임인 내가 뛰어가면
교실은 어느새 난장판이 되어 있었다.
태어나서 죄가 된 고아들과
우리들이 악쓰며 매질했던 보산리 포주집 아들들이
의자를 던지며 패싸움을 벌이고
화가 나 나는 반장의 면상을 주먹으로 치니
이빨이 부러졌고

함께 울음이 되어 넘기던 책장이여 꿈꾸던
아메리카여

무엇을 배울 것도 없고 가르칠 것도 없어서
캄캄한 교실에서 끝까지 남아 바라보던 별 하나와
무서워서 아무도 깨뜨리지 않으려던 저 깊은 침묵

오래지 않아 우리들은 뿔뿔이 흩어져 떠나왔다
함께 하숙을 한 역사과 朴(박)선생은 여주 어딘가
농업학교로 떠나고
나도 입대하기 위하여 서울로 돌아왔지만

창밖에 서서 전송해주던 동료들도 거기서는
더 오래 머무르진 않았으리라 내릴 뿌리도 없어
세상은 조금씩 사라져갔는지 새롭게 태어났는지
날마다 눈 덮이고
그 속으로 떠나고 있는 우리들을 향해
내가 가르쳐주지 못해도 아이들은
오래 손을 흔들어주었다
남아 있어도 곧 지워졌을 그 어둠 속의 손 흔듦
나는 어느새 또다시 선생이 되어 바라보았고

김명인

3

시인의 세계

하나. 참신하게 쓰는

둘. 새롭게 보는

하나

참신하게 쓰는

비굴 레시피

재료

비굴 24개 / 대파 1대 / 마늘 4알

눈물 1큰술 / 미증유의 시간 24h

만드는 법

1. 비굴을 흐르는 물에 얼른 흔들어 씻어낸다.
2. 찌그러진 냄비에 대파, 마늘, 눈물, 미증유의 시간을 붓고 팔팔 끓인다.
3. 비굴을 끓여서 국물에 비굴 맛이 우러나고 비굴이 탱글탱글하게 익으면 먹는다.

그러니까 오늘은
비굴을 잔굴, 석화, 홍굴, 보살굴, 석사처럼
영양이 듬뿍 들어 있는 굴의 한 종류로 읽고 싶다
생각건대 한순간도 비굴하지 않았던 적이 없었으므로
비굴은 나를 시 쓰게 하고
사랑하게 하고 체하게 하고
이별하게 하고 반성하게 하고
당신을 향한 뼈 없는 마음을 간직하게 하고
그 마음이 뼈 없는 몸이 되어 비굴이 된 것이니
그러니까 내일 당도할 오늘도

나는 비굴하고 비굴하다
팔팔 끓인 뼈 없는 마음과 몸인
비굴을 당신이 맛있게 먹어준다면

안현미

운동

일층우에있는이층우에있는삼층우에있는옥상정원에올라서남쪽을보아도아무것도없고북쪽을보아도아무것도없고해서옥상정원밑에있는삼층밑에있는이층밑에있는일층으로내려간즉동쪽으로솟아오른태양이서쪽에떨어지고동쪽으로솟아올라서쪽에떨어지고동쪽으로솟아올라서쪽에떨어지고동쪽으로솟아올라하늘한복판에와있기때문에시계를꺼내본즉서기는했으나시간은맞는것이지만시계는나보담도젊지않으냐하는것보담은나는시계보다는늙지아니하였다고아무리해도믿어지는것은필시그럴것임에틀림없는고로나는시계를내동댕이쳐버리고말았다.

이상

이 별의 일

너와의 이별은 도무지 이 별의 일이 아닌 것 같다.
멸망을 기다리고 있다.
그다음에 이별하자.
어디쯤 왔는가, 멸망이여.

심보선

시계풀의 편지 1

푸른 것은 늘 아름답다.

멍은 푸르다.

그러므로 멍은 아름답다.

그러니까 멍든 것은 늘 아름답다.

김승희

사람과 사람

사람과
사람이 만나
사랑이 된다

사람과
사람이 만나
슬픔이 된다

사람과
사람이 만나
미움이 된다

사람과
사람이 만나
사람이 된다

김영진

달랑게 전시회

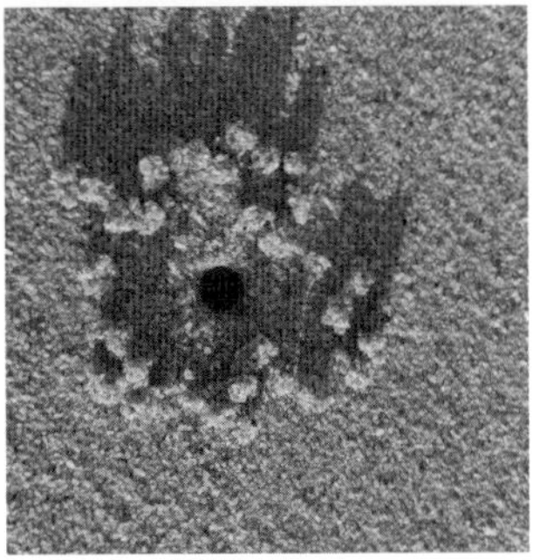

모래밭에 달랑게가 전시회를 열었다.
동그란 구멍을 가운데 두고
일정한 간격으로 동글동글 만든 작품
구슬같이 몽글몽글
모래 떡으로 구멍을 막은 작품
구슬 경단을 점점이 흩트린 작품

달랑게들의 이름을 몰라서
작자 미상이라고 쓴다
달랑게1 달랑게2 달랑게3……
숫자를 붙인다
달랑게는 분명 작품 제목을 생각했을 텐데
작품 이름을 미제라고 쓴다

김미희

죽도록

죽도록 공부해도 죽지 않는다, 라는
학원 광고를 붙이고 달려가는 시내버스
죽도록 굶으면 죽고 죽도록 사랑해도 죽는데,
죽도록 공부하면 정말 죽지 않을까
죽도록 공부해본 인간이나
죽도록 해야 할 공부 같은 건 세상에 없다
저 광고는 결국,
죽음만을 광고하고 있는 거다
죽도록 공부하라는 건
죽으라는 뜻이다
죽도록 공부하는 아이들을 위해
옥상과 욕조의 지하철이 큰 입을 벌리고 있질 않나
공부란 활활 살기 위해 하는 것인데도
자정이 훨씬 넘도록
죽어가는 아이들을 실은 캄캄한 학원 버스들이
어둠 속을 질주한다, 죽기 살기로

이영광

김밥의 시니피앙

표준어로 유순하게 〔김:밥〕이라 말하는 것보다
경상도 된소리로 〔김빱〕이라 말할 때
그 말이 내게 진짜 김밥이 된다
심심할 때 먹는 배부른 김밥 아니라
소풍 갈 때 일 년에 한두 번 먹었던
늘 배고팠던 우리 어린 시절 그 김빱
김밥천국 김밥나라에서 마음대로 골라먹는
소고기김밥 참치김밥 치즈김밥 다이어트김밥 아니라
소풍날 새벽 일찍 어머니가 싸주시던 김빱
내게 귀한 밥이어서 김밥이 아닌 김빱
김빱이라 말할 때 저절로 깊은 맛이 되는
나의 가난한 시니피앙

정일근

이것이 날개다

뇌성마비 중증 지체 · 언어장애인 마흔두 살 라정식 씨가 죽었다.

자원봉사자 비장애인 그녀가 병원 영안실로 달려갔다.

조문객이라곤 휠체어를 타고 온 망자의 남녀 친구들 여남은 명뿐이다.

이들의 평균수명은 그 무슨 배려라도 해주는 것인 양 턱없이 짧다.

마침, 같은 처지들끼리 감사의 기도를 끝내고

점심 식사 중이다.

떠먹여주는 사람 없으니 밥알이며 반찬, 국물이며 건더기가 온데 흩어지고 쏟아져 아수라장, 난장판이다.

그녀는 어금니를 꽉 깨물었다. 이정은 씨가 그녀를 보고 한껏 반기며 물었다.

#@%, 0%·$&*ㅐ#@!$#*? (선생님, 저 죽을 때도 와주실 거죠?)

그녀는 더 이상 참지 못하고 왈칵, 울음보를 터트렸다.

$#·&@\·%, *&#⋯⋯ (정식이 오빠 좋겠다, 죽어서⋯⋯)

입관돼 누운 정식 씨는 뭐랄까, 오랜 세월 그리 심하게

몸을 비틀고 구기고 흔들어 이제 비로소 빠져나왔다, 다 왔다, 싶은 모양이다. 이 고요한 얼굴,

일그러뜨리며 발버둥 치며 가까스로 지금 막 펼친 안심, 착공이다.

문인수

독수리 사냥 십계명

1. 구름 위에 걸터앉지 말라.
   조울증이 쉽게 전염된다.

2. 해와 달 가까이 날아가지 말라.
   외로운 것들을 건들면 더 외로워진다.

3. 바람에게 안부를 묻지 말라.
   정착하지 못할수록 그것에 간절하다.

4. 비와 눈을 조심하라.
   어느 때, 갑자기 돌변해서 뒤통수를 적실지 모른다.

5. 특히 시인과 아이들을 조심하라.
   순수할수록 망설이는 시간 내내 고통스럽다.

6. 가급적 무리 지어 다니지 말라.
   당(黨)을 지으면 비린 소문과 먹이 때문에 다투게 된다.

7. 가난하고 높게* 지내는 것을 부끄러워 말라.
   시간과 공간이 나를 위해 열린다.

8. 나무에 기대어 배워라.
한자리에서 꼼짝 않고 있는데도, 먹이를 찾는다.

9. 사냥감의 목을 단번에 물어뜯어라.
냉정은 서로의 과거를 묻지 않는다.

10. 사냥한 곳을 다시 기웃거리지 말라.
후회가 기다렸다는 듯 웃는다. 그러면 죽는 수가 있다.

윤진화

• 백석, 〈흰 바람벽이 있어〉에서.

시간

해는
동쪽에서 뜨는 것이 아니라
서쪽에서 뜨는 것이 아니라
남쪽에서 뜨는 것이 아니라
북쪽에서 뜨는 것이 아니라
동쪽에서 지는 것이 아니라
서쪽에서 지는 것이 아니라
남쪽에서 지는 것이 아니라
북쪽에서 지는 것이 아니라
어느 쪽에서 뜨는 것도 아니고
어느 쪽에서 지는 것도 아니고
해는 억년, 그보다도 더 억년 전에 떠서
억년, 그보다도 더 억년 후에 질 뿐이다.
아니, 뜨는 것도 지는 것도 아닐지 모른다.
아니다. 모른다.

홍영철

에프킬라를 뿌리며

여기는 초토입니다

그 우에서 무얼 하겠습니까

파리는 파리 목숨입니다

이제 울음소리도 없습니다

파리 여러분!

이 향기 속의 살기에 유의하시압!

황지우

겨우 존재하는 것들 2

해변에서 일주일 동안 아무 말 않고 우두커니 앉아 있기·전망 좋은 방에 흔들의자 두 개 갖다놓고 종일 쳐다보기(생각이 있으면 적어서 보여주고 때리기 없기)·강화도 안면도 홍도 울릉도 개도 선유도 목포에서 밀물 때와 썰물 때에 부두 말뚝 위에 걸터앉아 있기·해변에서 망둥어 낚기·태풍 부는 날 동해 쪽 이름 알려지지 않은 포구에서 방파제 때리는 파도를 보고 놀라지 않기·뻘밭 걷기(발에 묻은 뻘은 씻지 말고 햇빛에 말려 털어내기)·상추씨 심어 상추 나면 된장 조금 넣고 상추 싸서 서로의 입에 넣어주기(흘린 밥알 황급히 주워 먹기)·메뚜기 잡아서 눈싸움하다가 지면 풀어주기·뻘밭에서 게를 잡다가 손을 물리거나 모래밭에서 생합 잡기

이런 소망을 얘기하면서 상대방의 태도를 보아 몇 가지 더 가감하기(예를 들면 검지로 이마를 콕 찍으며 너는 어느 별에서 왔냐고 묻는다거나 괜히 한숨을 포옥 쉬면서 더듬거리기도 할 것 등등)

에에, 이것이 그러니까 다시 말하면 에에, 단도직입적으로 말해서 유리잔은 혼자서도 깨진다는 것을 발견한 어느 좀팽이가 지니고 있는 꿈입니다.

강형철

아름다운 수작

봄비 그치자 햇살 더 환하다
씀바귀 꽃잎 위에서
무당벌레 한 마리 슬금슬금 수작을 건다
둥글고 검은 무늬의 빨간 비단옷
이 멋쟁이 신사를 믿어도 될까
간짓간짓 꽃대 흔드는 저 촌색시
초록 치맛자락에
촉촉한 미풍 한 소절 싸안는 거 본다
그때, 맺힌 물방울 하나가 떨어졌던가
잠시 꽃술이 떨렸던가
나 태어나기 전부터
수억 겁 싱싱한 사랑으로 살아왔을
생명들의 아름다운 수작
나는 오늘
그 햇살 그물에 걸려
황홀하게 까무러치는 세상 하나 본다

배한봉

탐지기

달맞이꽃에는 탐지기가 붙어 있다
달만 뜨면 요행히도
샛노란 접시를 벌리는 저 정확성
달은 밤새도록 중천을 맴돌며 사랑의 전파를 띄우고 있다

유진택

시험

시험문제는 나를 빈정
공부 안 했지 인정
채점하고 주정
문제 어렵다고 투정
다음 날 시험을 위해 진정
시험까지 남은 시간 흥청망청
거실에 TV 채널 고정
맘 잡고 책 펴면 자정
다음 날 시험문제는 매정
많이 틀릴수록 돈독해지는 우정
서술형 부분 점수로 흥정
맞게 해달라고 사정
성적표 나오면 현실을 부정
앞날이 뻔한데 핸드폰 잡고 있는 이 실정.

김정빈

하늘을 나는 아라비아숫자

계좌번호 012-24-0460-782
비밀번호 3322
호출번호 96
대기인원 12
자본주의의 심장 은행을 나와
한일병원을 향한다
3호선을 타고 가다 〈423〉 충무로역에서
4호선으로 갈아타고 〈413〉 쌍문동에 하차한다
한일병원 접수번호 300
대기인원 112
차트번호 88871
간이계산서 공급처 210-82-03667
약 지급번호 349
티브이 채널 4 유선방송을 보다
전화번호 299-0446에 전화 걸다
약을 지급받고
택시 서울 1바 4320을 타고
지하철로 돌아온다
삐삐삐……
하늘을 날아온 아라비아숫자가
청바지 입은 여자의 허리춤에서 울고

핸드폰으로 날려 보내는 아라비아숫자들
공중에서 부글거리는 숫자들
대통령도 기호로 뽑는 시대
법조항이 세상을 다스리고
숫자로 숫자가 세상을 통치한다
숫자에 주눅이 들어 담배를 물면
88 EIGHTY EIGHT 바코드 88003559
숫자 하나만 틀렸어도 일과가 어긋났을
국제질병번호 300인 사내는
숫자들 간의 인연으로 하루를 살아냈다
사내의 밤을 지키는 붉은 불빛
전기장판번호
3.

함민복

둘
새롭게 보는

참 작다

운동화 빨 때 썼던 칫솔로 이빨을 닦은 적이 있다
예전에 당나라 가는 길이었다는 한 스님은

그길로 무릎을
타악, 치셨다는 것이었는데

나는 고작
침이나 뱉고 투덜대고 말았을 뿐이다.

정윤천

권위란

당신과 그가 똑같은 옷을 입고
똑같은 목소리로
같은 말을 해도

사람들이 그의 이야기에만 귀를 기울이는 것.

최영미

소금

소금이
바다의 상처라는 걸
아는 사람은 많지 않다
소금이
바다의 아픔이라는 걸
아는 사람은 많지 않다
세상의 모든 식탁 위에서
흰 눈처럼
소금이 떨어져 내릴 때
그것이 바다의 눈물이라는 걸
아는 사람은
많지 않다
그 눈물이 있어
이 세상 모든 것이
맛을 낸다는 것을

류시화

무기의 의미 1

빼지 않은 칼은
빼어 든 칼보다
더 날카로운 법

빼어 든 칼은
원수를 두려워하지만
빼지 않은 칼은
원수보다 강한
저를 더 두려워한다.

빼어 든 칼은
이 어두운 밤이슬에
이슥고 녹슬고 말지만
빼어 들지 않은 칼은
저를 지킨다.
이 어둠의 눈물이
소금이 되어 우리의 뺨에서 마를 때까지……

김현승

이모 아니면 고모

땅에 떨어진
목련꽃이 더럽다고
흉보지 마세요
예쁘게 피었다가
더럽게 지는 꽃이나
맛있는 밥 먹고
더러운 똥을 싸는
사람이나
다를 게 없잖아요

신천희

바다 1

오 · 오 · 오 · 오 · 오 · 소리치며 달려가니,
오 · 오 · 오 · 오 · 오 · 연달아서 몰아온다.

간밤에 잠 살포시
머언 뇌성이 울더니,

오늘 아침 바다는
포도빛으로 부풀어졌다.

철썩, 처얼썩, 철썩, 처얼썩, 철썩
제비 날아들 듯 물결 사이사이로 춤을 추어.

정지용

유리창 위의 새

어느 날
아름다운 절에 놀러 갔습니다
차 마시는 방
커다란 유리창에
앞산의 숲이 그대로 들어 있었지요
진짜 숲인 줄 알고
새들이 와서 머리를 부딪치고 간다는
스님의 말을 전해 들으면서
사람들은 하하 호호 웃었지만
나는 문득 슬프고
가슴이 찡했지요

위장된 진실과
거짓된 행복이
하도 그럴듯해
진짜인 줄 알고
신나게 달려갔다
머리를 박고
마음을 다치는 새가
바로 나인 것 같아서요
실체와 그림자를

자주 혼동하는 새가

나인 것 같아

나는 계속 웃을 수가 없었답니다

이해인

꼭지들

이파리 하나 붙어 있지 않은 감나무 가지에
무슨 흉터마냥 꼭지들이 붙어 있다

먹성 좋은 열매들의 입이
실컷 빨아먹은 감나무의 젖꼭지

세차게 흔드는 가지를
떠나지 않는 젖꼭지들

나무는,
아무도 만지지 않는
쪼그라든 젖무덤들을
흔들어댄다

누군가를 떠나보낸
저 짝사랑의 흔적들을

이윤학

내 소원

애완용 기린을
기르게 되는 날
이렇게 소리칠 거야

사다리, 너 이제부터 해고야!

김미희

사랑은 야채 같은 것

그녀는 그렇게 생각했다
씨앗을 품고 공들여 보살피면
언젠가 싹이 돋는 사랑은 야채 같은 것

그래서 그녀는 그도 야채를 먹길 원했다
식탁 가득 야채를 차렸다
그러나 그는 언제나 오이만 먹었다

그래 사랑은 야채 중에서도 오이 같은 것
그녀는 그렇게 생각했다

그는 야채뿐인 식탁에 불만을 가졌다
그녀는 할 수 없이 고기를 올렸다

그래 사랑은 오이 같기도 고기 같기도 한 것
그녀는 그렇게 생각했다

그녀의 식탁엔 점점 많은 종류의 음식이 올라왔고
그는 그 모든 걸 맛있게 먹었다

결국 그녀는 그렇게 생각했다
그래 사랑은 그가 먹는 모든 것

성미정

꽃

아프다, 나는 쉬이 꽃망울을 터트렸다
한때는 자랑이었다
풀섶에서 만난 봉오리들 불러 모아
피어봐, 한번 피어봐 하고
아무런 죄도 없이, 상처도 없이 노래를 불렀으니

이제 내가 부른 꽃들
모두 졌다

아프다, 다시는 쉬이 꽃이 되지 않으련다
꽁꽁 얼어붙은
내 몸의 수만 개 이파리들
누가 와서 불러도
죽다가도 살아나는 내 안의 생기가
무섭게 흔들어도
다시는 쉬이 꽃이 되지 않으련다.

오봉옥

등 뒤의 사람

보이지 않는 내 등 뒤
당신만 보는 내 등 뒤
등 뒤의 나를 보는 사람아
내가 보지 못하는
내가 볼 수 없는 나를
나보다 더 나처럼 보는

그리하여 나를 내가 되게 하는
등 뒤의 사람
등 뒤의 사랑.

이정관

적

목수의 적은 바로 못이다
밥을 주는 손이지만 일단 변하면
인정사정도 없이 살을 뚫는다
의리 있는 목수들은 그러나
피 흘리도록 찔리지 않고
잘 사귀어 오히려 동지가 된다
찔릴지라도 욕하거나 돌아서지 않고
자신을 탓하며 믿음을 지킨다
한순간 한순간을 몰두하며
망치질하는 공사판의 목수들을
누가 못의 적이라 하겠는가

맹문재

복숭아를 솎으며

열매를 솎아보면 알지
버리는 일이 얼마나 어려운가를
나 처음엔
열매 많이 다는 것이 그저 좋은 것인 줄 알고
아니, 그 주렁주렁 열린 열매 아까워
제대로 솎지 못했다네
한 해 실농(失農)하고서야 솎는 일이
버리는 일이 아니라 과정이란 걸 알았네
삶도, 사랑도 첫 마음 잘 솎아야
좋은 열매 얻는다는 걸 뒤늦게 알았네
나무는 제 살점 떼어내는 일이니 아파하겠지만
굵게 잘 자라라고
부모님 같은 손길로 열매를 솎는 오월 아침
세상살이 내 마음 솎는 일이
더 어렵다는 걸 알았네

배한봉

곰곰

주름진 동굴에서 백 일 동안 마늘만 먹었다지
여자가 되겠다고?

백 일 동안 아린 마늘만 먹을 때
여자를 꿈꾸며 행복하기는 했니?

그런데 넌 여자로 태어나 마늘 아닌 걸
먹어본 적이 있기는 있니?

안현미

접기로 한다

요즘 아내가 하는 걸 보면
섭섭하기도 하고 괘씸하기도 하지만
접기로 한다
지폐도 반으로 접어야
호주머니에 넣기 편하고
다 쓴 편지도
접어야 봉투 속에 들어가 전해지듯
두 눈 딱 감기로 한다
하찮은 종이 한 장일지라도
접어야 냇물에 띄울 수 있고
두 번을 접고 또 두 번을 더 접어야
종이비행기는 날지 않던가
살다보면
이슬비도 장대비도 한순간,
햇살에 배겨나지 못하는 우산 접듯
반만 접기로 한다
반에 반만 접어보기로 한다
나는 새도 날개를 접어야 둥지에 들지 않던가

박영희

집이 집에 없다

집이
집에 없다.
집이 집을 나갔다.

안방이
제일 먼저 나갔다.
안방이 안방을 나가자
출산이 밖으로 나갔다.

윗목이 방을 나가자
마루가 밖으로 나가자
손님이 찾아오지 않았다.
마당이 마당 밖으로 나가자
잔치가 사라졌다.

다 나갔다.
돌잔치 집들이
결혼식 진갑잔치 팔순잔치
병든 이 늙은이 외로운 이가
다 집을 나갔다.

그러는 사이
죽음이 집을 나갔다.
죽음이 집 밖으로 나가 죽었다.
집이 집을 나가자
죽음이 도처에서
저 혼자 죽어가기 시작했다.

죽음이 살지 못하고
저 혼자 죽기 시작했다.

이문재

길들여진 개

어쩌면
난
잘 길들여진
개인지도 모른다.
어려선
부모에게 길들여졌고,
자라면서
일제에게 길들여졌고,
어른이 되어선
독재정권에게 길들여진
개인지도 모른다.
원망하면서도
순종했었고,
저주하면서도
굴종했었고,
증오하면서도
목청껏 외쳐보지 못했던
난
잘 길들여진
불쌍한 개인지도 모른다.
잘 길들여진 개는

배고픔은 모르지만,
휘영청 달 밝은 밤이면
자유로운 들개가 되고 싶어,
앞발을 핥으며
잠을 이루지 못한다.

황선하

쥐

하나님
어쩌자고 이런 것을
만드셨지요
야음을 타고
살살 파괴하고
잽싸게 약탈하고
병폐를 마구 살포하고 다니다가
이제는 기막힌 번식으로
백주에까지 설치고 다니는
웬 쥐가
이리 많습니까
사방에서
갉아대는 소리가 들립니다
연신 헐뜯고
야단치는 소란이 만발해 있습니다
남을 괴롭히는 것이
즐거운 세상을
살고 싶도록 죽고 싶어
죽고 싶도록 살고 싶어
이러다간
나도 모르는

어느 사이에
교활한 이빨과
얄미운 눈깔을 한
쥐가 되어가겠지요
하나님
정말입니다

김광림

잠

녀석이 온다.
녀석들이 오고 있다.
제발 오라고, 와 달라고 애원할 땐
코웃음 치는 녀석들이
저리 가라고 손사래 치면
굳이 굳이 걸어 들어온다.
끈질긴 녀석들이다.

녀석이 온다.
녀석들이 오고 있다.
깜빡 속아서 잠깐 놀아주면
어느새 시간은 저만치 도망간다.
타임머신 같은 녀석들이다.

녀석이 온다.
녀석들이 오고 있다.
몰려오는 녀석들에
못 이기는 척 잠깐 졸아주면
어느새 내 교과서는 꾸불꾸불 지렁이투성이다
나 잘되는 꼴은 못 보는 녀석들이다.

근데 이런 녀석이, 이런 철없는 녀석들이
한없이 한없이 피곤할 땐
너무 힘들어서 아무 생각도 안 날 땐
누구보다 따뜻하게 품어준다.
참 알다가도 모를 녀석들이다.

홍수진

| 지은이 소개 |

강은교(1945~) 시인. 함경남도 홍원 출생. 시집《바리연가집》,《초록 거미의 사랑》,《내가 떠난 후에 너를 얻었다》 등이 있다.

강형철(1955~) 시인, 교수. 전라북도 군산 출생. 시집《해망동 일기》,《도선장 불빛 아래 서 있다》,《환생》 등이 있다.

고 은(1933~) 시인. 전라북도 군산 출생. 시집《만인보》,《순간의 꽃》,《조국의 별》 등이 있으며, 서사시 〈백두산〉을 썼다.

김경후(1971~) 시인. 서울 출생. 시집《그날 말이 돌아오지 않는다》,《열두 겹의 자정》 등이 있다.

김광림(1929~) 시인. 함경남도 원산 출생. 시집《천상의 꽃》,《놓친 굴렁쇠》,《들창코에 꽃향기가》 등이 있다.

김광일 학생

김규동(1925~2011) 시인. 함경북도 종성 출생. 시집《나비와 광장》,《느릅나무에게》,《길은 멀어도》 등이 있다.

김기림(1908~?) 시인. 함경북도 학성 출생. 시집《기상도》,《바다와 나비》,《태양의 풍속》 등이 있다.

김난연 학생(김천여자고등학교)

김남조(1927~) 시인. 대구 출생. 시집《귀중한 오늘》,《가난한 이름에게》 등이 있다.

김남주(1946~1994) 시인. 전라남도 해남 출생. 시집《나의 칼 나의 피》,《조국은 하나다》,《함께 가자 우리 이 길을》 등이 있다.

김명인(1946~) 시인. 경상북도 울진 출생. 시집《여행자 나무》,《물 건너는 사람》,《동두천》 등이 있다.

김미희(1971~) 시인. 제주 출생. 동시집《달님도 인터넷 해요?》,《동시는 똑똑해》, 청소년 시집《외계인에게 로션을 발라주다》 등이 있다.

김사인(1956~) 시인, 문학평론가. 충청북도 보은 출생. 시집《밤에 쓰는 편지》,《가만히 좋아하는》 등이 있다.

김승희(1952~) 시인, 소설가. 광주 출생. 시집《왼손을 위한 협주곡》,《냄비는 둥둥》,《누가 나의 슬픔을 놀아주랴》 등과 소설집《산타페로 가는 사람》이 있다.

김시천(1956~) 교사, 시인. 충청북도 청주 출생. 시집《떠나는 것이 어찌 아름답기만 하랴》,《마침내 그리운 하늘에 별이 될 때까지》 등이 있다.

김영랑(1903~1950) 시인. 전라남도 강진 출생. 시집《영랑 시집》, 시와 산문을 모은《모란이 피기까지는》 등이 있다.

김영진(1944~) 시인, 수필가. 경상북도 예천 출생. 시집《초원의 꿈을 그대들에게》,《희망이 있으면 음악이 없어도 춤춘다》, 수필집《나를 부르는 소리》 등이 있다.

김정빈 학생(서울 성심여자고등학교)

김정환(1954~) 시인, 소설가. 서울 출생. 시집《황색 예수전》,《희망의 나이》 등이 있다.

김하늬 학생(김천여자고등학교)

김하인(1962~) 시인, 소설가. 경상북도 상주 출생. 시집《눈꽃 편지》,《박하사탕, 그 눈부신》 등이 있으며, 장편소설《국화꽃 향기》,《일곱 송이 수선화》 등을 썼다.

김현승(1913~1975) 시인. 평안남도 평양 출생. 시집《김현승 시전집》,《가을의 기도》 등이 있다.

김형수(1959~) 시인, 소설가. 전라남도 함평 출생. 시집《내국의 계절》,《빗방울에 대한 추억》, 장편소설《나의 트로트 시대》, 소설집《이발소에 두고 온 시》 등이 있다.

김형영(1945~) 시인. 전라북도 부안 출생. 시집《기다림이 끝나는 날에도》,《새벽달처럼》,《낮은 수평선》 등이 있다.

도종환(1954~) 시인. 충청북도 청주 출생. 시집《접시꽃 당신》,《부드러운 직선》,《다시 피는 꽃》 등이 있다.

류시화(1958~) 시인, 수필가. 충청북도 옥천 출생. 시집《그대가 곁에 있어도 나는 그대가 그립다》,《외눈박이 물고기의 사랑》 등이 있다.

마종기(1939~) 시인, 의사. 일본 도쿄 출생. 시집《안 보이는 사랑의 나라》,《보이는 것을 바라는 것은 희망이 아니므로》 등이 있다.

맹문재(1963~) 시인. 충청북도 단양 출생. 시집《먼 길을 움직인다》,《사과를 내밀다》 등이 있다.

문인수(1945~) 시인. 경상북도 성주 출생. 시집《적막 소리》,《배꼽》,《쉬!》, 동시집《염소 똥은 똥그랗다》 등이 있다.

문정희(1947~) 시인. 전라남도 보성 출생. 시집《남자를 위하여》,《이 세상 모든 사랑은 무죄이다》 등이 있다.

박규리(1960~) 시인. 서울 출생. 시집《이 환장할 봄날에》가 있다.

박남준(1957~) 시인. 전라남도 영광 출생. 시집《풀여치의 노래》,《다만 흘러가는 것들을 듣는다》, 산문집《쓸쓸한 날의 여행》 등이 있다.

박노해(1957~) 시인. 전라남도 함평 출생. 시집《노동의 새벽》,《사람만이 희망이다》 등이 있다.

박봉우(1934~1990) 시인. 전라남도 순천 출생. 시집《황지의 풀잎》, 시선집《나비와 철조망》,《박봉우 시선》 등이 있다.

박성우(1971~) 시인. 전라북도 정읍 출생. 시집《거미》,《가뜬한 잠》,《난 빨강》, 동시집《불량 꽃게》 등이 있다.

박세경 학생(김천여자고등학교)

박영희(1962~) 시인. 전라남도 무안 출생. 시집《해 뜨는 검은 땅》,《팽이는 서고 싶다》, 르포집《아파서 우는 게 아닙니다》 등이 있다.

박용래(1925~1980) 시인. 충청남도 논산 출생. 시집《강아지풀》,《저녁 눈》, 시선집《먼 바다》 등이 있다.

박재삼(1933~1997) 시인. 일본 도쿄 출생. 시집《울음이 타는 가을 강》,《다시 그리움으로》,《허무에 갇혀》 등이 있다.

박 철(1960~) 시인. 서울 출생. 시집《밤거리의 갑과 을》,《너무 멀리 걸어왔다》,《영진 설비 돈 갖다주기》 등이 있다.

배유나 학생(전주 효문여자중학교)

배한봉(1962~) 시인. 경상남도 함안 출생. 시집《우포늪 왁새》,《악기점》 등이 있다.

백 석(1912~1996) 시인. 평안북도 정주 출생. 시선집《정본 백석 시집》,《나와 나타샤와 흰 당나귀》 등이 있다.

성미정(1967~) 시인. 강원도 정선 출생. 시집《대머리와의 사랑》,《사랑은 야채 같은 것》, 동시집《엄마의 토끼》 등이 있다.

신석정(1907~1974) 시인. 전라북도 부안 출생. 시집《아직 촛불을 켤 때가 아닙니다》, 시선집《그 먼 나라를 알으십니까》,《내 노래하고 싶은 것은》 등이 있다.

신천희 아동문학가, 승려. 경상남도 창녕 출생. 동시집《달님이 엿보는 일기장》,《그림자는 착하다》, 장편동화《대통령이 준 완장》 등이 있다.

심보선(1970~) 시인, 사회학자. 서울 출생. 시집《눈앞에 없는 사람》, 산문집《그을린 예술》 등이 있다.

심훈(1901~1936) 소설가, 시인. 1901년 서울에서 출생. 농촌 계몽 소설《상록수》, 영화소설《탈춤》, 유고 시집《그날이 오면》 등이 있다.

안성호(1968~) 소설가. 경상남도 함안 출생. 소설집《때론 아내의 방에 나와 닮은 도둑이 든다》,《누가 말렝을 죽였는가》 등이 있다.

안현미(1972~) 시인. 강원도 태백 출생. 시집 《곰곰》, 《이별의 재구성》, 《사랑은 어느 날 수리된다》 등이 있다.

양애경(1956~) 시인. 서울 출생. 시집 《맛을 보다》, 《바닥이 나를 받아주네》, 《내가 암늑대라면》 등이 있다.

오도엽(1967~) 작가. 광주 출생. 시집 《그리고 여섯 해 지나 만나다》가 있으며, 《전태일 – 불꽃이 된 노동자》, 《밥과 장미 – 권리를 위한 지독한 싸움》 등을 썼다.

오봉옥(1961~) 시인. 광주 출생. 시집 《지리산 갈대꽃》, 《나 같은 것도 사랑을 한다》, 산문집 《난 월급 받는 시인을 꿈꾼다》 등이 있다.

원 성(1973~) 승려, 작가, 화가. 지은 책으로 《풍경》, 《거울》, 《시선》 등이 있다.

유안진(1941~) 시인. 경상북도 안동 출생. 시집 《봄비 한 주머니》, 《걸어서 에덴까지》, 《둥근 세모꼴》, 산문집 《지란지교를 꿈꾸며》, 《상처를 꽃으로》 등이 있다.

유진택(1958~) 시인. 충청북도 영동 출생. 시집 《달콤한 세월》, 《아직도 낯선 길가에 서성이다》, 《날다람쥐가 찾는 달빛》 등이 있다.

유홍준(1962~) 시인. 경상남도 산청 출생. 시집 《저녁의 슬하》, 《나는 웃는다》, 《상가에 모인 구두들》 등이 있다.

윤동주(1917~1945) 시인. 북간도 명동촌 출생. 유고 시집인 《하늘과 바람과 별과 시》가 있다.

윤진화(1974~) 시인. 전라남도 나주 출생. 시집 《우리의 야생 소녀》, 그림책 《일곱 개의 수염을 가진 호랑이》, 《음악을 파는 가게》 등이 있다.

이광웅(1940~1992) 시인. 전라북도 익산 출생. 시집 《대밭》, 《목숨을 걸고》 등이 있다.

이데레사(1960~) 교사, 시인. 부산 출생. 연작 시집 《아버지 생각》이 있다.

이문재(1959~) 시인, 교수. 경기도 김포 출생. 시집 《지금 여기가 맨 앞》, 《내 젖은 구두 벗어 해에게 보여줄 때》, 산문집 《바쁜 것은 게으른 것이다》 등이 있다.

이상화(1901~1943) 시인. 대구 출생. 시선집 《빼앗긴 들에도 봄은 오는가》, 수필집 《하얀 복사꽃보다 더 아름다운 미소》 등이 있다.

이성복(1952~) 작가. 경상북도 상주 출생. 시집 《그 여름의 끝》, 《아, 입이 없는 것들》, 《래여애반다라》, 산문집 《고백의 형식들》 등이 있다.

이성부(1942~2012) 시인. 광주 출생. 시집 《지리산》, 《우리들의 양식》, 《백제행》, 산문집 《산길》 등이 있다.

이시영(1949~) 시인, 교수. 전라남도 구례 출생. 시집 《호야네 말》, 《은빛 호각》, 《경찰은 그들을 사람으로 보지 않았다》 등이 있다.

이영광(1965~) 시인. 경상북도 의성 출생. 시집 《나무는 간다》, 《직선 위에서 떨다》, 《아픈 천국》 등이 있다.

이용악 시인. 1914년 함북 경성 출생. 월북하여 1971년에 세상을 떠난 것으로 알려져 있다. 시집 《낡은 집》, 《오랑캐꽃》 등이 있다.

이윤학(1965~) 시인. 충청남도 홍성 출생. 시집 《먼지의 집》, 《나를 울렸다》, 《아픈 곳에 자꾸 손이 간다》 등이 있다.

이정관 전주효문여자중학교 국어 교사.

이정하(1962~) 작가, 시인. 대구 출생. 시집 《너는 눈부시지만 나는 눈물겹다》, 《혼자 사랑한다는 것은》, 산문집 《돌아가고 싶은 날들의 풍경》 등이 있다.

이지원 학생(경남여자고등학교)

이해인(1945~) 수녀, 시인. 강원도 양구 출생. 시집 《나를 키우는 말》, 《작은 기쁨》, 《희망은 깨어 있네》, 산문집 《꽃이 지고 나면 잎이 보이듯이》 등이 있다.

이홍섭(1965~) 시인, 문학평론가. 강원도 강릉 출생. 시집 《강릉, 프라하, 함흥》, 《터미널》, 산문집 《곱게 싼 인연》 등이 있다.

임지연 학생(전주 효문여자중학교)

정나영 학생(경남여자고등학교)

정우영(1960~) 시인. 전라북도 임실 출생. 시집 《마른 것들은 제 속으로 젖는다》, 《집이 떠나갔다》, 《살구꽃 그림자》 등이 있다.

정윤천(1960~) 시인. 전라남도 화순 출생. 시집 《흰 길이 떠올랐다》, 《구석》, 《탱자꽃에 비기어 대답하리》 등이 있다.

정일근(1958~) 시인, 교수. 경상남도 김해 출생. 시집 《바다가 보이는 교실》, 《기다린다는 것에 대하여》, 《누구도 마침표를 찍지 못한다》 등이 있다.

정지용(1902~1950) 시인. 충청북도 옥천 출생. 시 〈향수〉, 〈유리창 1〉 등이 있다.

정현종(1939~) 시인. 서울 출생. 시집 《견딜 수 없네》, 《광휘의 속삭임》, 《나는 별아저씨》 등이 있다.

정혜인 학생(경남여자고등학교)

정희성(1945~) 시인. 경상남도 창원 출생. 시집 《그리운 나무》, 《지금도 짝사랑》, 《저문 강에 삽을 씻고》, 《한 그리움이 다른 그리움에게》 등이 있다.

조승현 학생(김천여자고등학교)

최승자(1952~) 시인. 충청남도 연기 출생. 시집 《이 시대의 사랑》, 《즐거운 일기》, 《쓸쓸해서 머나먼》 등이 있다.

최영미(1961~) 시인. 서울 출생. 시집 《서른, 잔치는 끝났다》, 《꿈의 페달을 밟고》 등이 있으며, 장편소설 《청동정원》 등을 썼다.

최은영 학생(경남여자고등학교)

한미영(1964~) 시인. 경상북도 안동 출생. 시집《물방울무늬 원피스에 관한 기억》이 있다.

함민복(1962~) 시인. 충청북도 충주 출생. 시집《눈물을 자르는 눈꺼풀처럼》,《모든 경계에는 꽃이 핀다》, 산문집《눈물은 왜 짠가》등이 있다.

허영자(1938~) 시인. 경상남도 함양 출생. 시집《은의 무게만큼》,《암청의 문신》, 시조집《소멸의 기쁨》등이 있다.

홍수진 학생(서울 성심여자고등학교)

홍영철(1955~) 시인. 대구 출생. 시집《작아지는 너에게》,《너는 왜 열리지 않느냐》,《가슴속을 누가 걸어가고 있다》등이 있다.

황경신(1965~) 출판편집인, 소설가. 부산 출생. 에세이집《밤 열한 시》,《생각이 나서》, 소설집《한입 코끼리》등이 있다.

황선하(1931~2001) 시인. 경상남도 창원 출생. 시집《이슬처럼》, 유고 시집《용지못에서》등이 있다.

황지우(1952~) 시인, 교수. 전라남도 해남 출생. 시집《어느 날 나는 흐린 주점에 앉아 있을 거다》,《새들도 세상을 뜨는구나》,《게 눈 속의 연꽃》등이 있다.

| **출처** |

감 허영자,《암청의 문신》, 미래사

갈대밭에서 이정관,《살아있는 기억들》, 휴머니스트

거리 황경신,《생각이 나서》, 소담출판사

거울 이성복,《그 여름의 끝》, 문학과지성사

걸레 고은,《조국의 별》, 창비

겨우 존재하는 것들 2 강형철,《도선장 불빛 아래 서 있다》, 창비

겨울 사랑 문정희,《어린 사랑에게》, 미래사

곰곰 안현미,《곰곰》, 문예중앙

굽은 허리 구자행,《기절했다 깬 것 같다》, 휴머니스트

권위란 최영미,《꿈의 페달을 밟고》, 창비

그날이 오면 심훈,《그날이 오면》, 한성도서주식회사

그 마음자리 김시천,《마침내 그리운 하늘에 별이 될 때까지》, 문학동네

그것이 알고 싶다 배유나(전주효문여자중학교)

그래도 버린 건 세상이 아니라 김정환,《황색예수전》, 실천문학사

기도 마종기,《보이는 것을 바라는 것은 희망이 아니므로》, 문학과지성사

길들여진 개 황선하,《이슬처럼》, 창비

김밥의 시니피앙 정일근,《기다린다는 것에 대하여》, 문학과지성사

꼭지들 이윤학,《아픈 곳에 자꾸 손이 간다》, 문학과지성사

꽃 오봉욱,《나 같은 것도 사랑을 한다》, 실천문학사

내 소원 김미희,《지구를 굴리는 외계인》, 휴머니스트

너를 보내놓고 박봉우,《나비와 철조망》, 미래사

노란 은행잎 임지연(전주효문여자중학교)

다 알면서도 구자행,《기절했다 깬 것 같다》, 휴머니스트

다만 흘러가는 것들을 듣는다 박남준,《다만 흘러가는 것들을 듣는다》, 문학동네

달랑게 전시회 김미희,《폰카, 시가 되다》, 휴머니스트

독도 귀하 이낭희, 《살아 있다면 리플》, 휴머니스트

독수리 사냥 십계명 윤진화, 《우리의 야생 소녀》, 문학동네

동두천 II 김명인, 《동두천》, 문학과지성사

둘레 박용래, 《저녁 눈》, 미래사

등 뒤의 사람 이정관, 《살아있는 기억들》, 휴머니스트

만물상 구자행, 《기절했다 깬 것 같다》, 휴머니스트

만세 소리 김기림, 《태양의 풍속》, 미래사

몹시 무덥던 날 오도엽, 《그리고 여섯 해 지나 만나다》, 실천문학사

무기의 의미 1 김현승, 《가을의 기도》, 미래사

문자 김경후, 《열두 겹의 자정》, 문학동네

바다 1 정지용, 《정지용 시집》, 범우사

밤에 쓰는 편지 1 김사인, 《밤에 쓰는 편지》, 문학동네

병원 윤동주, 《하늘과 바람과 별과 시》, 소와다리

복숭아를 솎으며 배한봉, 《복사꽃 아래 천년》, 문학사상

봄 이성부, 《깨끗한 나라》, 미래사

부탁 – 중력2 김미희, 《지구를 굴리는 외계인》, 휴머니스트

북쪽 전국국어교사모임, 《이용악을 읽다》, 휴머니스트

비굴 레시피 안현미, 《곰곰》, 문예중앙

비유의 시 이시영, 《은빛 호각》, 창비

사람과 사람 김영진, 《희망이 있으면 음악이 없어도 춤춘다》, 웅진닷컴

사람을 쬐다 유홍준, 《저녁의 슬하》, 창비

사람이 풍경으로 피어나 정현종, 《나는 별아저씨》, 문학과지성사

사랑은 야채 같은 것 성미정, 《사랑은 야채 같은 것》, 민음사

사랑의 이율배반 이정하, 《너는 눈부시지만 나는 눈물겹다》, 푸른숲

삼촌의 직업 김미희, 《외계인에게 로션을 발라주다》, 휴머니스트

상식 이정관, 《살아있는 기억들》, 휴머니스트

소금 류시화, 《외눈박이 물고기의 사랑》, 열림원

수덕사 정우영, 《집이 떠나갔다》, 창비

수라 백석, 《백석시전집》, 창비

숲 강은교, 《그대는 깊디깊은 강》, 미래사

시 이광웅, 《수선화》, 두리

시간 홍영철, 《작아지는 너에게》, 문학과지성사

시계풀의 편지 1 김승희, 《누가 나의 슬픔을 놀아주랴》, 미래사

시험 김정빈(서울 성심여자고등학교)

식혜 한미영, 《물방울무늬 원피스에 관한 기억》, 문학세계사

아득한 청산을 보며 박재삼, 《다시 그리움으로》, 실천문학사

아름다운 수작 배한봉, 《복사꽃 아래 천년》, 문학사상

아버지 생각 87 이데레사, 《아버지 생각》, 휴머니스트

아침의 예의 김규동, 《길은 멀어도》, 미래사

어떤 그리움 원성, 《풍경》, 이레

언덕에 누워 바다를 보면 김영랑, 《모란이 피기까지는》, 미래사

얼굴 그리기 배창환, 《뜻밖의 선물》, 휴머니스트

에프킬라를 뿌리며 황지우, 《새들도 세상을 뜨는구나》, 문학과지성사

여자들과 사내들 – 김정숙에게 최승자, 《이 시대의 사랑》, 문학과지성사

연 박철, 《영진설비 돈 갖다주기》, 문학동네

영정 배창환, 《뜻밖의 선물》, 휴머니스트

오래, 오래 정윤천, 《구석》, 실천문학사

외국인 노동자 배창환, 《뜻밖의 선물》, 휴머니스트

용서받는 까닭은 유안진, 《봄비 한 주머니》, 창비

우리는 다 아는 사이 김형영, 《새벽달처럼》, 문학과지성사

운동 이상, 《이상 시집》, 스타북스

유리창 위의 새 이해인, 《희망은 깨어 있네》, 마음산책

이 별의 일 심보선, 《눈 앞에 없는 사람》, 문학과지성사

이것이 날개다 문인수, 《배꼽》, 창비

이모 아니면 고모 신천희, 《그림자는 착하다》, 하나의책

이모에게 가는 길 양애경, 《바닥이 나를 받아주네》, 창비

이별 안성호, 《문장 웹진》, 2006년 9월호

이불을 꿰매면서 박노해, 《노동의 새벽》, 느린걸음

임께서 부르시면 신석정, 《아직 촛불을 켤 때가 아닙니다》, 미래사

잠 홍수진(서울 성심여자고등학교)

장난 김남주, 《함께 가자 우리 이 길을》, 미래사

저문 강에 삽을 씻고 정희성, 《저문 강에 삽을 씻고》, 창비

적 맹문재, 《먼 길을 움직인다》, 실천문학사

접기로 한다 박영희, 《팽이는 서고 싶다》, 창비

져야 할 때는 질 줄도 알아야 해　김형수, 《빗방울에 대한 추억》, 문학동네

죽 한 사발　박규리, 《이 환장할 봄날에》, 창비

죽도록　이영광, 《아픈 천국》, 창비

쥐　김광림, 《들창코에 꽃향기가》, 미래사

질량보존법칙　김하인, 《눈꽃 편지》, 자음과모음

짐　구자행, 《기절했다 깬 것 같다》, 휴머니스트

집이 집에 없다　이문재, 《지금 여기가 맨 앞》, 문학동네

참 작다　정윤천, 《구석》, 실천문학사

책꽂이를 치우며　도종환, 《다시 피는 꽃》, 현대문학북스

초승달　박성우, 《거미》, 창비

치자꽃 설화　박규리, 《이 환장할 봄날에》, 창비

큰아버지　배창환, 《뜻밖의 선물》, 휴머니스트

탐지기　유진택, 《날다람쥐가 찾는 달빛》, 문학과지성사

터미널 2　이홍섭, 《터미널》, 문학동네

통곡　이상화, 《빼앗긴 들에도 봄은 오는가》, 미래사

편지　김남조, 《가난한 이름에게》, 미래사

하늘을 나는 아라비아숫자　함민복, 《모든 경계에는 꽃이 핀다》, 창비

* 이광웅 시인과 원성 스님의 작품은 저작권자와 연락이 닿지 않아 임의로 작품을 수록하게 되었음을 밝힙니다. 추후 연락이 닿는 대로 저작권 협의를 진행하겠습니다.

국어시간에 시읽기 2

1판 1쇄 발행일 2015년 5월 4일
2판 1쇄 발행일 2020년 3월 9일
2판 5쇄 발행일 2023년 6월 12일

엮은이 전국국어교사모임

발행인 김학원
발행처 (주)휴머니스트출판그룹
출판등록 제313-2007-000007호(2007년 1월 5일)
주소 (03991) 서울시 마포구 동교로23길 76(연남동)
전화 02-335-4422 **팩스** 02-334-3427
저자·독자 서비스 humanist@humanistbooks.com
홈페이지 www.humanistbooks.com
유튜브 youtube.com/user/humanistma **포스트** post.naver.com/hmcv
페이스북 facebook.com/hmcv2001 **인스타그램** @humanist_insta

편집책임 문성환 **편집** 윤무재 **디자인** 김태형 **일러스트** 김남진
용지 화인페이퍼 **인쇄** 청아디앤피 **제본** 민성사

ISBN 979-11-6080-342-6 44810
979-11-6080-340-2 (세트)